그래서
그는
바다로
갔다

이 도서의 국립중앙도서관 출판시도서목록(CIP)은 서지정보유통지원시스템 홈페이지(http://seoji.nl.go.kr)와 국가자료공동목록시스템(http://www.nl.go.kr/kolisnet)에서 이용하실 수 있습니다.(CIP제어번호: CIP2017012340)

그래서 그는 바다로 갔다

김탁환

북스피어

2016년 3월 2일부터 7월 25일까지,
단 하루도 김관홍 잠수사를 떠올리지 않은 날이 없습니다.
내 장편의 주인공이니까요.
소설이 출간될 때까지,
매일 주인공과 함께 지내는 사람이 바로 소설가입니다.
그가 듣든지 듣지 않든지, 곁에 있든지 없든지,
나는 계속 그에게 질문을 던지거나
그가 던진 질문에 답했습니다.
내 인생에서 다시 오지 않을, 특별한 대화였습니다.

2016년
3월

3월 2일

민간 잠수사 김관홍 씨를 만났다.

세월호 희생 학생 유가족이 두 달 동안 계속 출연했는데, 민간 잠수사는 처음이다. 함성호 시인이 이번 주 사회라서 내 맘은 상대적으로 가벼웠다. 부스 밖에서 대화를 듣다가 부족한 질문을 넣거나 쉬는 시간에 적절히 조언만 하면 된다. 사회를 맡지 않는 주에도 CBS로 와서 녹음을 돕겠다고, 팟캐스트 〈416의 목소리〉를 시작할 때 약속했었다. 베테랑 라디오 시사 피디 정혜윤에겐 아마추어 진행자 함성호 시인이나 나의 허점이 훤히 들여다보였으리라. 녹음 부스 밖에서 타인의 진행을 참관하는 것도 일종의 공부라고 여긴 것이 분명하다.

민간 잠수사 김관홍 씨는 몹시 피곤해 보였다. 술 냄새를 풍기진 않았지만, 새벽까지 깨어 있던 자들에게서만 나타나는, 이슬에 젖은 풀잎 같은 몰골.

"소설가 김탁환입니다."

악수를 나눴다. 내 눈을 쳐다봤지만, 내가 쓴 책은 단 한 권도 읽지 않은 눈동자. 함 시인의 손을 잡을 때도 마찬가지 표정이다. 김 잠수사는 문학에 대해선 한 움큼의 관심도 없는 듯하다. 섭섭하다거나 아쉽지는 않다. 오히려 내 책을 일부러 찾아 읽었다거나 인터넷으로 대충 검색한 후 아는 체를 했다면, 꼬치꼬치 캐물었을지도 모른다.

"김관홍입니다. 민간 잠수삽니다."

그는 안경을 오른손 엄지와 검지로 집어 올리며 슬쩍 웃었다. 어색한 분위기를 깨는 방편이다. 친절은 딱 거기까지였다. 이런저런 질문을 던졌지만, 그물에 걸리지 않는 노련한 물고기처럼 말을 아끼는 방식으로 즉답을 피했다. 단정하지만 친절하진 않은, 경계하는 빛이 두 눈에 어렸다.

오늘 진행을 맡은 함 시인과 오 작가가 김관홍 잠수사와 함께 부스로 들어갔고 녹음이 시작되었다. 나는 정 피디 뒤에 앉으며 한마디 건넸다.

"2시간이면 넉넉할까?"

"기대해 봐야지."

기대는 깨졌다. 4시간 넘게 녹음이 이어진 것이다. 1시간 30분을 넘지 않을 편집본보다 두 배 이상 많은 이야기가 쏟아졌다. 4시간 넘는 녹음이 처음은 아니다. 1월과 2월에 출연한 유가족 중에도 희생된 자식에 관한 이야기를 하염없이 이어 간 이들이 적지 않다. 그런데 김 잠수사의 이야기는 아주 많이 달랐다. 그 다름이 내 마음 여기저기를 엇박자로 찔러 댔다.

3월 3일

어제 들은 김관홍 씨의 목소리가 생생하다.

세월호라고 하면 익숙하게 떠오르는 장면들이 있다. 팽목항과 동거차도와 안산 단원고 교실과 광화문 농성장. 김관홍 씨는 완전히 새로운 이야기를 했다. 지상이 아닌 수중의 이야기.

김관홍 씨의 이야기는 사실을 객관적으로 말하는 듯하면서도 묘하게 슬펐다. 정 피디는 자리에서 일어나 시계추처럼 부스 출입문과 오디오 믹서 사이를 왔다 갔다 했다. 생각이 많아질 때나 눈물이 나올 때 그녀는 그렇게 걸으며 감정을 다독였다.

나는 공책을 펴고는 책상에 바짝 당겨 앉았다. 나중에 필요하면 녹음한 내용을 다시 들을 수도 있겠지만, 지금 내 귀를 파고드는 단어와 문장부터 놓치지 않고 적어 두기 위함이었다.

이럴 땐 부스 안의 사회자보다 부스 밖 피디 보

조가 더 낫다. 부스 안에 있었더라면 진행을 하느라 정신이 없었을 것이다. 대본이 미리 나오긴 했지만 그대로 질문을 던진 적은 없었다. 〈416의 목소리〉에 출연한 유가족들은 사회자가 기대한 것 이상의 답변을 쏟아 냈다. 감정에 흔들리지 않으면서, 적확한 질문을 이어 가기 위해선 순간순간 집중해야 한다. 중요한 부분을 따로 메모할 여유가 아마추어 진행자인 내겐 없었다. 게다가 담당 피디가 녹음을 끊고 부스 안으로 들어오기라도 하면, 머릿속이 하얗게 바뀌었다. 그런데 어제 나는 부스 밖에 있었다.

내가 주목한 문장들을 정 피디는 모두 살릴까? 살리든 죽이든, 어제 적어 둔 문장들을 며칠 여유를 두고 곱씹어 보려 한다.

3월 4일

〈416의 목소리〉 8화 민간 잠수사 김관홍 편, '내가 미친 건가요?'가 업로드되었다.

"저는 저 스스로도 A급 잠수사라고는 생각을 안 해요. 그냥 현장에 충실할 뿐이지."

김관홍 씨는 잠수 실력이 뛰어나서 민간 잠수사들의 대변인 역할을 맡은 것은 아니라고 여러 번 강조했다. 실명까지 거론하며 세월호 수색과 희생자 수습에 참여한 민간 잠수사 가운데 누가 에이스인지를 밝혔다. 그는 스스로를 B급이라고 했다. C급은 누구냐고 물었더니, 고개를 들고 잠시 생각하는 듯하다가 답했다. 민간 잠수사 중에서 C급은 없다고. A급이거나 B급뿐이라고.

"'먹'이라는 말 아시죠?"

먹물의 먹, 먹구름의 먹, 먹빛의 먹.

김관홍 씨는 '먹'이란 글자를 아느냐고 물은 후 한참 동안 말이 없었다. 물론 나는 '먹'을 알고 있었지만, 그것을 수중 30미터 내외 심해를 설명하는 단어로 만날 줄은 몰랐다. '먹'과 관련된 김관홍 씨의 설명은 그 자체로 훌륭했다. 기억나는 대로 대충 옮겨 보자면 아래와 같다.

"어둠도 여러 가지 어둠이 있잖아요? 랜턴으로 비추면 사라지는 어둠도 있긴 하죠. 먹이라는 말 아시죠? 그 안에 들어가면 랜턴조차도 통과를 못해 10센티미터밖에 안 보이는 거예요. 빛도 투과되지 않는 뻘이 물살에 날리는 거죠. 그걸 모르는 이들은 이렇게 묻기도 해요. 불을 켜고 들어가면 되지 않느냐고. 그건 단순한 어둠이 아니에요. 저희가 현장에서 절단이나 용접을 한단 말입니다. 그때도 먹에 들면 희한한 경험을 하게 돼요. 용접이나 절단을 하면 빛이 보이잖아요? 아주 밝잖아요? 그런데 소리만 들으며 해요. 빛조차 안 보이는 어둠 속에서 작업을 하는 거거든요. 그게 먹이에요. 무시무시하죠."

김관홍 잠수사가 2014년 7월 9일 해경에게서 받은 문자를 내게 보내 줬다. '존경하는'으로 시작하지만, 작업을 중단하라는 일방적인 통보일 뿐이다.

존경하는 김관홍 님!

세월호 사고가 발생한 지 벌써 85일이 지났습니다. 사고 직후 현장에 한걸음에 달려와 어려운 여건 속에서 말 그대로 사투를 벌이며 실종자 수색에 혼신의 노력을 다해 주신 점에 머리 숙여 깊은 감사의 말씀을 드립니다.

아직 수색이 완전히 마무리되지 못한 상황에서 이번 수색 방식 변경으로 끝까지 우리와 함께하지 못한 점이 너무 아쉽기만 합니다.

하지만 여러분의 헌신적인 노력은 수색에 참여했던 우리뿐만 아니라 전 국민이 높게 평가해 줄 것입니다.

다시 한 번 그동안의 노고에 감사드리며, 이제는 오랜 수색 작업에 지친 몸과 마음을 추스르시고 가정에도 행복이 가득하기를 기원합니다.

2014년 7월 9일

3월 5일

"우리는 울면서 했어요."

잠수에서 가장 중요한 것이 호흡이고, 그다음 중요한 것이 시야 확보다. 수중에서 울면 호흡에도 문제가 생기고 시야 확보에도 어려움이 따른다. 김관홍 씨는 바지선에서 풀페이스 마스크를 쓸 때마다 스스로에게 농담을 던지곤 했다. 마스크를 눈물로 가득 채울 자신이 있으면 울고, 그렇지 않으면 뚝 그치라고. 그런데 세월호 선내로만 들어가면 눈물이 줄줄 흘러나왔다. 특히 단원고 희생 학생들을 발견했을 때는 이 어린 생명들이 왜 한꺼번에 수장되어야 하는지 화가 났다. 화가 나서 욕을 막 하면서도 눈물이 흘러내렸다. 그럼 바지선에서 통신수 역할을 맡은 고참 잠수사로부터 따끔한 질책이 들려왔다. 울지 말라고! 그렇게 울 거면 당장 올라오라고! 김관홍 씨는 울지 않겠다고 말했지만, 울음을 그치지도 않았고 잠수를 중단하고 올라가지도 않았다. 풀페이스 마스크를 썼으니, 손으로 눈물을 훔칠 수도 없었던 것이다. 김관홍 씨는 눈물이 다 흐를 때까지 내버려 뒀다. 우는 건 우는 것이고 작업은 계속 이어 갔다는 것이다. 과호흡이 되지 않도록 신경을 쓰긴 했지만, 시야가 흐릿해지는 건 큰 문제가 되지 않았다. 어차피 눈앞은 10센티미터에서 30센티미터밖에 보이지 않으니, 두 팔로 사방을 더듬으며 나아가야 했다. 그땐 두 팔이 두 눈이었다.

김관홍 씨는 3월 2일 팟캐스트 녹음을 하는 동안 몇 번이나 울먹거렸다. 감정이 너무 격해져서 잠시 녹음을 중단하고 담배 피우는 시간을 갖기도 했다. 나는 담배를 피우진 않지만, 어떻게 하나 싶어 따라갔다. 김관홍 씨는 언제 울었냐는 듯이 호탕하게 웃고 더 크게 어깨를 흔들어 냈다. 눈물로부터 가장 먼 곳에 서 있는 사내라는 듯이. 그러나 이 잠수사는 연기가 서툴다.

3월 6일

"태극기 휘날리듯이 날려요."

정조停潮. 조류가 멈추는 물때에 맞춰 잠수를 하지만, 물살이 전혀 없이 멎는 경우는 결코 없다고 김관홍 씨가 여러 번 강조했다. 상대적으로 약하다뿐이지, 정조 때도 물살은 흘러 잠수사들을 괴롭힌다. 강한 조류를 만나면 어떻게 되느냐는 질문에 그는 잠시 안경을 고쳐 쓰며 고개를 치켜들었다. 적합한 표현을 고를 때 이렇게 시선을 피하며 생각에 잠기는 선배가 있다. 김관홍 씨도 예민하게 완벽을 추구하는 부류일까. 이런 부류는 대부분 자기만의 표현을 곧 찾아낸다. 김관홍 씨도 그랬다. '태극기 휘날리듯!' 맨몸이었다면 조류에 휩쓸려 영영 떠내려가 버릴 정도라는 것이다.

태극기 휘날리듯 몸이 날려도 작업을 해야 하는 날도 있었다. 다리 부상을 입은 날처럼! 조류가 심하고 파도까지 거셌지만, 서로 얽힌 하잠줄 두 개를 풀다가 그 사이에 발이 낀 것이다. 끊어질 듯 조여 오는 줄들을, 조류를 이기며 스스로 풀고 올라왔다. 이런 일을 당하면, 경험이 많지 않은 초보자는 수면으로 올라가려고 몸부림을 치거나 과호흡을 해서 긴급 상황에 빠진다. 김관홍 씨는 베테랑답게 위기를 슬기롭게 모면했지만, 그때 당한 다리 부상은 지금까지도 그를 괴롭히고 있다.

"저는 체임버Chamber 기압 조절실 없었으면 죽었어요."

김관홍 씨가 또 하나 강조한 것은 '안전'이다. 바지선에서 산소를 계속 넣어 주는 표면 공급식 잠수에선 작은 실수가 잠수사의 목숨을 위태롭게 만든다. 실수를 줄이기 위해선 입수부터 출수까지 잠수의 모든 과정을 시스템으로 만들고, 매뉴얼대로 작업을 해 나가야 한다. '세팅 잠수', '잠수 전용 바지선' 등의 용어가 중간중간 섞였다.

2014년 4월 23일, 소형 바지선을 잠수 전용 대형 바지선으로 교체하던 날 김관홍 씨도 현장으로 들어갔다. 그는 두 바지선의 가장 큰 차이를 체임버의 유무로 꼽았다. 4월 19일부터 투입된 소형 바지선엔 감압 장비인 체임버가 없기 때문에 잠수병에 걸릴 확률이 높다는 것이다. 4월 23일 이전에도 민간 잠수사들은 어지럼증과 피로를 호소했다. 이들은 소형 바지선에서 곧바로 치료를 받지 못하고, 체임버가 있는 해군 함정으로 옮겨 가야 했다. 이동하느라 시간을 쓰는 바람에 효율적인 치료를 못 한 셈이다.

김관홍 씨는 장비 점검에 철저했다. 바지선의 잠수 장비들을 이름과 제조사는 물론이고 제조연월일까지 기억해 냈다. 왜 그런 것까지 살펴봤느냐고 물었더니, 잠수 장비는 그에게 제2의 몸과 같다는 답이 돌아왔다. 공기를 공급하는 생명줄의 소중함은 아무리 강조해도 지나치지 않겠지만, 가령 바지선의 통신수와 연락하는 통신선이 끊어지거나 고장을 일으켜도 심해 잠수에선 어려움이 크다는 것이다. 특히 침몰한 세월호 선내를 수색할 때는 배가 좌현으로 90도 기운 상태이기 때문에 주변 상황이 조금만 이상해도 통신수와 의견을 교환하고 바지선에 있는 세월호 도면을 확인해야 한다.

베테랑 잠수사들은 자신의 신체에 최적화된 개인 장비를 챙겨 온다. 얼굴 전면을 덮는 풀페이스 마스크는, 크기는 물론이고 물이 새어 들지 않도록 얼굴과 머리를 압박하는 정도도 차이가 난다는 것이다. 아무리 친한 사이라고 하더라도, 개인 장비는 웬만하면 서로 나눠 쓰지 않는다.

김관홍 씨는 특히 풀페이스 마스크에 관해 자세히 설명했다. 입에 생명줄을 무는 후카 방식은 통신수와의 연락이 불가능하다. 풀페이스 마스크를 쓰면 비교적 자유롭게 통신수와 대화가 가능하다. 그런데 풀페이스 마스크를 쓸 때 간혹 마스크 안으로 물이 들어오기도 하고, 김이 서려 눈앞이 잘 보이지 않을 때도 있다고 한다. 그럴 땐 압력을 이용하여 공기를 불어 물을 밖으로 빼내는 방법을 써야 한다. 김관홍 씨는 복어처럼 볼에 바람을 잔뜩 넣었다가 내뿜으며 그 과정을 보여 줬다.

무리한 잠수로 인한 피로와 다리 부상 후유증까지 겹쳐, 김관홍 씨는 체임버에서 쓰러졌다. 호흡이 일시적으로 끊길 정도로 위기 상황이었다. 체임버가 없는 바지선에서 쓰러졌다면 생명을 구하기 어려웠을 것이라고 했다. 체임버로 곧장 들어가서 신선한 산소를 마시며 감압했기 때문에 그나마 자신의 심장이 다시 뛰기 시작했다는 것이다. 체임버는 김관홍 씨에게 생명의 은물恩物인 셈이다.

3월 7일

〈416의 목소리〉 9화, 10화 녹음했다.

"저희는 느껴요. 모든 것을 다 느껴요. 다 함께요."

희생자를 수습하는 장면을 이야기하는 대목에서 김관홍 씨의 손동작이 커졌다. 팔꿈치를 탁자에 올리기도 하고, 엉덩이를 반쯤 들어 의자에서 일어났다 앉기도 했다. 한숨을 길게 내쉬며 답답한 듯 오른 손바닥으로 가슴을 쓸었고, 그 손을 얼굴로 가져가서 눈과 코와 입을 한꺼번에 비벼 댔다. 침몰한 세월호 선내에서 희생자를 발견하는 장면을 떠올리는 것이 고통스러운 것이다.

김관홍 씨는 깊게 숨을 들이마셨다가 내쉬기를 반복하며 마음을 가라앉혔다. 수중에서 슬프고 화나고 안타까운 감정이 뒤섞일 때 스스로를 다독이

듯이, 3월 2일 라디오 부스에서도 그는 중심을 잡으려 애썼다.

민간 잠수사들은 세월호 선내로 들어가서, 희생자들을 한 사람 한 사람 꼭 안고 모시고 나왔다. '품' 그리고 '포옹'이란 단어가 떠올랐다. 김관홍 씨는 눈으로 보는 것이 아니라 온몸으로 느끼는 것이라고 강조했다.

아무래도 김관홍 씨의 이야기를 바탕으로 장편소설을 써야 할까 보다. '포옹'을 제목으로 삼아도 괜찮을 듯하다. 3월 2일엔 세월호 참사 이후를 중점적으로 들었다. 소설을 위해선 어린 시절부터 장래 계획까지를 모두 들을 필요가 있다. 과연 그는 민간 잠수사를 주인공으로 한 장편소설에 도움을 주려고 할까. 그가 도와주지 않으면 이 작업은 해 나가기 어렵다.

3월 8일

"조명탄 때문에 잠을 잘 수가 없었어요."

사고 직후 방송에선 한밤을 훤히 밝히는 조명탄이 계속 나왔다. 김관홍 씨는 조명탄이 오히려 잠수에 방해가 된다고 했다. 순번에 따라 잠수를 마치고 나면 바지선에서 쪽잠이라도 자야 하는데, 훤하게 밤을 밝히는 조명탄과 바지선으로 떨어지는 재 때문에 잠을 잘 수 없다는 것이다.

"우리가 중요한 게 아닌데…… 살릴 수 있던 아이들을 살렸으면 우리 같은 사람들이 있을 필요가 없어요."

선내에서 희생자와 마주 섰을 때, 김관홍 씨는 화가 나서 참을 수 없었다. 제주도로 가던 승객들이 왜 이 차디찬 바다에 수장되어야 한단 말인가. 정부와 해경은 이들을 살리지 않고 대체 무엇을 했단 말인가. 구조 작업이 신속하고 원활하게 진행되었다면, 민간 잠수사가 투입되어 희생자를 모시고 나오는 일도 없었을 것이다.

바지선에서 숙식을 해결하며 세월호 선내를 오가는 날이 늘수록 김 씨의 질문도 무겁고 커졌다. 잠수사들이 세월호 선내로 들어가서 희생자를 찾기 전, 세월호가 침몰되기 전, 세월호에서 벌어진 일들이 궁금했던 것이다. 김관홍 씨가 특조위특별조사위원회나 416연대에서 일하는 사람들과 긴밀하게 만난 것도 궁극적으로는 이 질문의 답을 함께 찾기 위함이다.

"내가 미친 건가요?"

불쑥 튀어나온 김관홍 씨의 질문이다. 그는 선언하듯 이런 말도 했다.

"이건 정권의 테러라고 생각해요."

"민초들을 향한 지배층의 어떤 욕심과 권력을 유지하기 위한……."

나는 궁금해졌다. 세월호 참사를 정권의 테러로 받아들일 때까지 김 씨의 고민들은 어떻게 진행되었을까. 무엇을 읽었고 누구와 이야기를 나눴고 어디서 잠들거나 깨어났을까.

3월 9일

김관홍 씨가 저녁에 왔다.

장편소설 작업을 돕겠다고 약속했다. 곧바로 인터뷰를 하잔다. 그는 상호 존대가 어색한지 특유의 웃음을 지으며 말했다.

"작가님! 오늘부터 형님으로 모시겠습니다. 그냥, 관홍아, 하세요."

"그럴까요?"

"그럴까요, 가 뭡니까? 관홍아, 해 보시라니까요?"

"관홍아!"

그리고 인터뷰가 진행되었다. 김관홍의 출생부터 현재까지, 여섯 시간 넘게 인터뷰가 이어졌다. 내가 생각했던 것보다 훨씬 길고 자세했다. 3월 2일 팟캐스트 녹음 때 듣지 못한 이야기도 4시간이나 된다. 만난 지 딱 두 번 만에, 그것도 한 번은 부스 안과 밖에서 눈인사만 나누고, 뒤풀이에서 잠깐 이야기를 섞은 사이인데, 이렇듯 마음을 활짝 열 수 있을까 놀랄 정도였다. 나는 그를 몰아세우는 질문을 제법 많이 던졌다. 그때마다 그는 미간을 찡그리며 불편한 내색을 했지만, 답을 피하거나 거절하진 않았다. 그는 맷집이 의외로 좋았다. 산업 잠수사로 수심을 타며 목숨이 위태로울 정도로 위험한 일들을 겪은 탓일까. 그가 불만을 털어놓았다.

"소설이란 게 고약하군요. 이런 것까지 알아야 합니까?"

나는 미소 지으며 동문서답을 했다. 내가 만약 3월 2일에 부스 안에서 진행을 맡았다면, 오늘과 같은 자린 없었을 것이라고. 이건 내게 민간 잠수사에 대한 소설을 쓰라고 하는 운명 같다고. 그는 고개를 끄덕이더니, 자기 식대로 이 운명을 살짝 비틀었다.

"팀으로 움직이는 잠수사들은 늘 느끼는 겁니다. 세월호 때도 마찬가지였죠. 희생자를 수습한 잠수사에게 5백만 원을 지급한다는 청와대 대변인의 설명을 들었을 때, 분노와 함께 찾아든 것은 허탈함이었습니다. 오로지 희생자를 빨리 찾고자 애쓰는 우리를 돈으로 바꿔치기한 작태에 대한 감정이 분노라면, 청와대 대변인은 전문가 의견을 종합하여 기자들에게 입장을 밝히는 자리일 텐데, 이토록 잠수에 무지할 수 있느냐 하는 허탈함이죠. 팀으로 움직이기 때문에 그날 제가 어디서 무슨 일을 할진 알 수 없어요. 저보다 먼저 선내에 진입한 잠수사들의 작업 진척 상황에 따라 다르니까요. 복도의 부유물들을 제거할 수도 있고, 창을 깨야 할 수도 있고, 벽이나 탁자 들이 움직이지 않도록 로프로 고정시킬 수도 있습니다. 그런 과정을 다 거친 후에야 비로소 객실을 비롯한 여러 곳에서 희생자를 수습하는 겁니다. 그런데 희생자를 모시고 나온 잠수사만 꼭 집어 5백만 원을 주겠다는 이야긴 잠수사들이 팀플레이를 한다는 것 자체를 모른다는 걸 스스로 털어놓은 셈이죠. 한심합니다, 정말!

청와대 대변인 발표에 담긴 천박함과 무식함은 이 정도로 하죠. 그런데 그렇게 순번에 따라 잠수를 하기 때문에, 제가 모시고 나온 희생자가 각별하긴 합니다. 작업 진척 상황이 조금만 더 빠르거나 늦었다면, 이 희생자를 제가 끌어안고 나오진 않았을 테니까요. 어떤 잠수사는 애써 희생자의 생김새를 잊으려 하지만, 저는 잊기 위해 일부러 노력하진 않습니다. 기억나는 건 기억나는 이유가 있기 때문이죠. 그 이유가 사라지고 나면, 기억하고 싶어도 천천히 잊힐 겁니다. 자연스럽게 하면 됩니다. 그 희생자는 저를 만나 함께 침몰선에서 나올 운명이었던 것이죠. 숨이 붙어 있었더라면 더욱 좋았겠지만……. 저는 4월 23일에, 너무 늦게 갔으니 그와 같은 기대는 처음부터 없었습니다."

3월 10일

어제 김관홍 잠수사가 요구한 것 세 가지.

1. 민감 잠수사의 세월호 수색 및 희생자 수습 과정을 사실적으로 상세하게 써 달라.

2. 업무상과실치사 혐의로 재판중인 공우영 잠수사의 억울함을 알려 달라.

3. 2016년 7월 말까지 출간해 달라. 해수부가 여름엔 꼭 세월호를 인양하겠다고는 했으니, 그때를 맞춰 출간해 달라.

앞의 두 가지는 나 역시 장편에 꼭 담고 싶은 내용이다. 이 부분이 빠진다면 민간 잠수사를 주인공으로 삼은 소설을 쓸 이유가 없다. 마지막 세 번째 요구는 시간적으로 너무 벅차다. 김 씨는 장편소설이 어떻게 구상되며 초고 집필과 퇴고의 과정이 어떻게 이루어지는가를 전혀 모른다. 그는 자신이 가장 원하는 시기를 소설가인 내 형편을 고려하지 않고 꼭 집은 것이다. 어제 나는 최대한 맞추겠다고 긍정적으로 답했다. 이왕 민간 잠수사를 주인공으로 세월호에 관한 장편을 내야 한다면, 올여름이 적기일 수도 있다. 이제 세월호 이야긴 지루하다고 말하는 자들에게 알려 주고 싶다. 여기, 당신이 단 한 번도 들어 보지 못한 세월호 이야기가 있다고.

김관홍 잠수사와 어제 녹음한 인터뷰를 오늘부터 매일 조금씩 정리할 예정이다. 태어나서 산업 잠수사가 될 때까지의 일화들은 주인공인 잠수사의 캐릭터를 만들 때 큰 도움이 될 것이다. 그리고 지금 현재 김관홍 잠수사의 고민들도 따로 모아 둘 것.

"키우고 기르는 걸 좋아했어요."

김관홍은 경기도 고양시 덕양구 화정동에서 태어났다. 누나와 여동생이 있다. 하사관인 아버지는 동물을 키우고 식물을 기르는 걸 좋아했다. 부업으로 양계 부화장을 했던 것도 아버지의 취미가 발전한 것이다.

김관홍도 어려서부터 닭과 함께 꽃과 나무 들과 자랐다. 훗날 산업 잠수를 하면서 일산에서 야생화 가게를 운영한 것도 이런 분위기에서 자랐기 때문이다.

3월 11일

저녁에 홍대 '슬로비'에서 강용주, 오준호, 정혜윤 씨와 저녁을 먹고 환담했다.

강용주 선생이 어제 출간된 『세월호, 그날의 기록』(진실의 힘)을 만든 과정을 상세히 설명해 주었다. 방대한 재판 기록을 비롯하여 유가족이나 생존자들이 지닌 자료를 총망라하여 검토 분석하고, 시간 순서대로 배치하기 위해 노력했다는 것이다. 참사를 바라보는 관점과 대처 방식은 선내인가 선외인가에 따라 다르다. 선외도 해경 함정인가 어선인가, 혹은 해경 헬리콥터인가에 따라 다를 수밖에 없다. 여기에 목포나 인천의 해경 수뇌부와 해수부 그리고 청와대에 이르는, 지휘선상에 있던 책임자들의 움직임도 최소한 5분 단위로는 체크가 되어야 한다. 이렇게 다양한 장소에 다양한 지위를 지닌 이들의 다양한 언행을 하나의 타임테이블에 올려놓기 전에는 참사의 진상을 파악하기 어렵다. 『세월호, 그날의 기록』이 세월호 진상규명의 첫 단추를 꿴 셈이다. 두고두고 중요한 자료가 될 것이다.

국문과 후배인 오준호 작가와는 처음 인사를 나눴다. 이미 작년에 세월호 재판을 참관하고 기록을 검토하여 『세월호를 기록하다』(미지북스)라는 중요한 책을 냈다. 선원들의 진술을 토대로 세월호 참사를 철저하게 따져 들어가는 책이다. 반가웠다.

내가 잠수사에 관한 장편 작업을 한다면, 이 두 권의 논픽션이 밑받침이 될 듯하다. 『세월호를 기록하다』는 이미 읽었으니, 서둘러 『세월호, 그날의 기록』을 검토해야겠다.

김관홍 잠수사의 어린 시절 두 꼭지를 정리했다. 그는 끔찍한 상황을 이야기할 때도 유머를 섞어 푼다.

"제 입술이 좀 이상하죠? 흉터예요."

초등학교 입학 전에 일어난 사고다. 어린 김관홍이 집 앞 모닥불에 프로판 가스통을 집어넣은 것이다. 가스가 터지면서 불덩어리가 소년의 얼굴에 떨어졌다. 피부가 거의 벗겨질 정도로 상처가 심했다. 어머니가 솜에다 소주를 묻혀 닦아 냈다. 보름 넘게 그런 방식으로 화기를 내렸다. 피부가 벗겨지고 나니, 처음엔 하얗다가 점점 빨갛게 바뀌었다.

"뒤에 앉은 애들이 학부모인 줄 알았어요."

김관홍은 6학년 2학기 때 덕은국민학교에서 북가좌국민학교로 전학을 갔다. 외아들을 서울에서 공부시키고 싶은 부모님의 바람 때문이었다. 전학을 가서 가장 기억에 남는 것은 서울 아이들의 큰 키였다. 교실 뒤에 앉은 동급생들을 학부모로 착각할 정도였다. 서울과 경기도가 이렇게 차이가 나는구나 하는 것을 동급생들의 발육 상태로 처음 느낀 것이다.

그 후로도 김관홍은 경기도 북부 지역과 서울을 오가며 살았다. 박주민 변호사가 은평구에 출마했을 때, 김관홍은 운전을 도맡아 하며 그를 도왔다. 그때도 김관홍은 경기도 일산에 살면서 서울 은평구를 오갔다.

3월 12일

"팬티에다가 돌을 집어넣어요."

김관홍이 어렸을 때부터 수영을 즐긴 것은 아니다. 보통 사내아이들처럼 치고받는 격투기를 더 좋아했다. 신기한 것은 수영을 배우기 전에도 물에 대한 두려움은 없었다는 점이다. 전남 고흥 출신인 아버지를 따라 바닷가로 가면, 해녀들이 쓰던 물안경을 쓰고 바닷속을 들여다보곤 했다. 물이 너무 맑았다. 어느 날은 물안경을 벗고 맨눈으로 봤는데도 눈이 아프지 않았다. 물에 대한 거부 반응이 전혀 없었다. 잠수를 하려고 팬티에다가 돌을 집어넣기도 했다. 그 상태로 걸어 내려갔다가 걸어 올라오곤 한 것이다. 수영을 했다기보다는 물속을 걸어다니는 것이 좋았다.

3월 13일

김관홍에게 더 집중할 것.

성격, 장점과 약점, 취미, 친구들, 좋아하는 것들과 싫어하는 것들…….

3월 14일

〈416의 목소리〉 동수 아빠 정성욱 씨의 녹음을 부스 밖에서 들었다. 그리고 2학년 2반 지현이 언니 남서현 씨의 녹음에선 사회를 봤다. 그동안 유가족은 엄마나 아빠가 나왔는데 언니는 처음이다. 유가족이라고 하면 희생 학생의 부모님을 떠올리는 경우가 대부분인데, 희생 학생의 형제나 자매가 부모님만큼이나 많다고 했다. 손위로는 대학생이나 직장인인 경우도 있고, 손아래로는 한 학년 아래부터 초등학생이나 유치원생에 이르기까지 다양하다. 서현 씨가 들려준 이야기 중에서 가장 마음에 남는 것은 형제자매의 공간을 따로 마련했으며, 그 공간에서는 일반인뿐 아니라 엄마나 아빠의 시선도 의식하지 않고 마음껏 자신들의 감정을 드러내고 대화를 나눈다는 것이다. 유가족으로 뭉뚱그려 바라봐선 안 된다. 엄마, 아빠, 형제, 누나, 언니, 여동생,

남동생에 따라 생각이나 감정이 다르고 상처도 차이가 난다. 서현 씨는 이야기 중간중간 눈물을 많이 흘렸다. 함께 울었다.

"제가 선생님 눈에 띄는 스타일입니다. 사랑받는 스타일이에요."

김관홍은 은평구에 있는 증산중학교 1회 졸업생이다. 도장을 열심히 다니며 격투기와 유도를 연마했다. 학교에선 싸움은 하지 않고 조용히 지냈다. 선생님들도 그를 아꼈다.

덩치만 믿고 자꾸 괴롭히는 반 친구를 가볍게 한 대 때린 적이 있었다. 그런데 그 친구가 그대로 쓰러져 일어나지 못하는 것이다. 그때부터 김관홍은 자신이 싸움을 좀 한다고 여겼다. 약한 친구들을 보호하면서 중학교 시절을 보냈다.

친구들 중에는 담배를 피우는 아이들도 있었지만, 김관홍은 담배를 멀리했다. 운동 때문이었다. 운동은 하지만 싸움은 하지 않는 중학생, 그이가 김관홍이다.

3월 15일

“싸우길래 말렸어요. 그게 다예요.”

김관홍은 숭실고등학교를 졸업했다. 고등학교에 진학한 후에도 그는 싸움에 끼지 않았다. 친구들이 싸우면 말리는 쪽이었다. 패싸움이 일어난 현장에 나타난 교사는 처음엔 김관홍을 주동자로 몰았고, 김관홍이 싸움에 가담하지 않았다는 것을 안 후에는 싸운 친구들을 말하라고 몰아세웠다. 김관홍은 끝까지 그날 싸운 친구들 이름을 밝히지 않았다.

3월 16일

"그때 유체이탈을 경험했어요."

학교에서는 조용히 지냈지만, 꾸준히 운동을 하면서 고등학교 때부터 등산에 취미를 붙였다. 강하고 빠른 것에 매혹된 시절이기도 했다. 중학생 시절부터 가끔 오토바이를 타고 다녔다. 택시와 부딪히는 교통사고가 나기도 했다. 허공으로 몸이 날아갔는데, 유도에서 익힌 낙법 덕분에 치명상은 면했다. 그렇지만 바닥에 처음 닿은 오른쪽 어깨를 심하게 다쳤다. 그날 유체이탈을 경험했다. 멀쩡한 김관홍이 다친 김관홍을 내려다보고 있는 느낌. 사고가 난 후론 오토바이를 타지 않는다.

3월 17일

"야, 너도 강사 체질이야!"

고등학교를 졸업할 무렵까지도 잠수사가 될 생각은 없었다. 그런데 다니던 체육관 강사들로부터 강사 체질이라는 평을 여러 번 들었다. 동작과 효과를 차근차근 부드럽게 설명하는 재주가 있다는 것이다. 그즈음부터 운동을 가르치는 강사에 관심을 갖게 되었다.

그러다가 잠실 풀장에 들어갔던 적이 있다. 수영을 썩 잘하는 편은 아니었다. 선배가 그를 풀에 집어넣었다. 그는 수면에서 헤엄을 치기보다 그대로 가라앉았다. 바닥까지 내려가 앉았는데, 수면에서 싱크로나이즈팀의 연습이 시작되었다. 잠수를 제대로 배워 보는 것도 괜찮겠다는 생각을 그때부터 시작했다.

김관홍이 관심을 둔 종목은 레포츠 잠수였다. 잠

수를 배우기 위해 아르바이트로 번 돈을 다 써 가며 바다로 나갔다. 그 당시만 해도 스킨스쿠버는 부유한 이들만 즐기는 고급 스포츠로 인식되었다. 김관홍은 어린 축에 속했다. 격투기로 다져진 몸에 특유의 친화력까지 발휘하여, 스킨스쿠버 모임 회원들과도 친하게 지냈다. 잠수 실력도 쑥쑥 늘었다.

3월 18일

"원래 저 날씬했어요."

김관홍은 육군에서 군 생활을 했다. 훈련소 시절에는 밥 먹을 틈도 없이 훈련을 받는 바람에 체중이 57킬로그램에서 47킬로그램까지 빠졌다. 그래도 주방 취사병 중에 고향 후배들이 있어서, 밤에 몰래 창문을 열고 햄을 던져 주곤 했다. 김관홍은 군에서도 할 말은 하는 스타일이었다. 충성봉과 방패를 들고 소요진압을 하는 훈련을 거부한 적도 있었다. 군인이 무력으로 시위를 진압하는 것은 있을 수 없는 일이라고 생각했다. 그 바람에 곤란을 겪기도 했지만 고집을 꺾지 않았다.

3월 19일

"지방, 이거 태우려면 피를 말려요."

제대 후 김관홍은 보디빌더로 활약했다. 전국 시합에 출전하여 우승한 후 시나 군 단위의 스포츠단에 소속되어 활동하는 것이 당시의 바람이었다. 좀 더 나은 몸을 가꾸기 위해, 식품영양학, 인체역학, 생리학 등을 따로 공부했다. 관련 교수의 강의를 듣기 위해 대학까지 찾아가서 도강도 했다.

시합 석 달 전부터 몸을 만들었다. 춘계 대회에 출전하려면 초겨울부터 본격적인 준비를 해야 하는 것이다. 겨울은 지방이 많이 찌는 계절이다. 김관홍은 이를 악물고 운동과 식이요법을 병행하여 지역 예선에서 일등을 했다. 그런데 유력인사로부터 춘계 시합 본선엔 뛰지 말고 추계 시합에 나오라는 권유를 받았다. 추계를 뛰려면 처음부터 몸을 다시 만들어야 했다. 결국 김관홍은 예선에만 참가하고 춘계 본선엔 나가지 않았다. 산에 올라가서 나무를 붙들고 혼자 통곡했다. 그리고 결심했다. 이 더러운 세상에서 선수로는 활동하지 않겠다고. 트레이너로 살겠다고.

공우영 잠수사 업무상과실치사 재판 기록 검토를 시작했다. 분량이 상당히 많다. 김관홍의 도움으로 한꺼번에 자세히 검토할 수 있었다. 민간 잠수사는 물론이고 해경 간부와 해경 잠수사 들의 증언까지 자세하다. 바지선의 잠수 장비들 사진과 함께 사용 방법도 꼼꼼하게 설명해 놓았다. 집필에 큰 도움이 되겠다. 부지런히 읽고 정리할 것.

3월 20일

창원 해양공원을 둘러봤다. 섬이 없는 탁 트인 바다가 가슴을 출렁이게 했다. 우도로 이어진 다리 아래에 멈춘 배에서 긴 생명줄이 수중으로 드리웠다. 잠수사가 수중 작업을 하고 있는 것이다. 관홍이 생각이 났다.

“왜 이렇게 가르칩니까?”

김관홍은 그 후로 수많은 사람들을 가르쳤다. 바다에선 레포츠 다이빙 강사였고 육지에선 퍼스널 헬스 트레이너였다. 스포츠 마사지도 공부했고 운동역학도 배웠다. 기존 헬스 트레이너들의 교습법에 문제가 많다는 것을 깨달았다. 몸에 무리를 주는데도 중량을 늘려 가는 방법만 써 온 것이다. 김관홍은 선배들에게 물었다. ‘왜 이렇게 가르칩니까?’ 돌아오는 대답은 선생이나 선배로부터 그렇게 배웠다는 것이다. 김관홍은 관행에 기댄 교습법 대신 스스로 공부하고 익힌 방법들을 개발했다. 운동과 함께 식이요법의 중요성을 깨달아 식품영양학을 공부하며 조리학원까지 다녔다.

'왜 이렇게 합니까?' 입버릇처럼 김관홍이 던진 질문이다. 훗날 산업 잠수사가 된 후에도 전체 과정이 처음부터 끝까지 합리적으로 납득이 되기 전까진 잠수를 하지 않았다. 철저하게 따지지 않고 대충 넘어간 부분 하나가 잠수사의 생명을 위태롭게 만든다. 산업 잠수는 선후배 관계로 엮여 일하는 경우가 대부분이다. 김관홍은 자신을 믿고 현장으로 온 잠수사들에게 신경을 많이 썼다. 조금이라도 더 안전하고 편안한 방법을 찾으려 했다. 받아들이기 어렵거나 이해가 되지 않는 부분에선 거침없이 질문을 던지곤 했다. '왜 이렇게 합니까?'

김관홍의 질문을 무례하다고 비판하는 이도 있었다. 하지만 나는 그 질문을 들었을 때 반가웠다. 단도직입으로 던지는 질문이 일의 진행을 원활하게 하고 완성까지 기간도 앞당긴다는 것을 경험으로 알기 때문이다.

어려서부터 격투기와 유도를 익힌 김관홍은 먼저 공격하진 않지만, 상대가 공격하면 막고 받아치는 동작을 구사하는 데 익숙했다. 공격 동작에선 힘을 싣지 않았다. 힘을 실으면 상대가 큰 부상을 입을 수도 있는 것이다. '왜 이렇게 합니까?' 이 물음 역시 김관홍 특유의 받아치는 동작이 아니었을까. 자신을 보호하고 상대에게 최소한의 설명을 요구하는 질문.

"돈 좀 만졌죠."

김관홍은 이십대 말에서 삼십대 초에 중고 자동차 딜러를 거쳐 국민카드와 국민은행에 근무했다. 채권팀에 있는 동안에는 돈 때문에 삶이 망가진 이들을 너무 많이 봤다. 그렇게 망가진 이들에게 빌려준 돈을 받아 내는 것이 채권팀 업무였다. 김관홍은 3년도 버티지 못하고 은행을 그만두었다. 안정된 직장이긴 했지만 돈으로 사람을 평가하는 곳에서 젊은 날을 보내고 싶지 않았다. 보디빌딩을 하다가 곧장 산업 잠수사로 옮겨 간 것이 아니라, 3년 동안 자본주의의 핵심인 카드회사와 은행에 근무한 것이 그의 삶에 어떤 영향을 주었을까. 한 인간의 삶에서 돈이 전부가 아니란 걸 알아차린 시절일지도 모른다.

3월 21일

관홍이의 도움을 받아, 민간 잠수사 이야기를 장편으로 쓸 생각을 굳혔다. 결국 이렇게 갈 운명이었을까.

"커머셜 다이빙과 레포츠 다이빙의 가장 큰 차이는 장비입니다."

김관홍에 따르면, 심해 잠수를 위해 바지선에 체임버가 준비된 것은 얼마 되지 않았다고 한다. 그 전에는 심해 잠수를 하고 와서도 감압을 위해 들어갈 체임버가 없었다는 것이다. 잠수를 마치고 비자선에 올라오면 5분 안에 체임버에서 감압을 해야 한다. 체임버가 없거나 체임버에 늦게 들어갈 경우 골괴사를 비롯한 잠수병에 걸릴 확률이 높다. 김관홍은 다른 나라에 비해 우리나라 잠수사들이 잠수병에 걸리는 경우가 잦다며 안타까워했다. 그리고 자신은 절대로 체임버 없는 바지선에선 심해 잠수를 하지 않는다고 힘주어 말했다.

3월 22일

관홍이 걸음걸이를 흉내 내며 오목공원을 세 바퀴 돌았다.

"좌현 화물칸이 궁금해요."

김관홍은 세월호가 두 시간도 버티지 못하고 침몰한 사실에 주목했다. 우현은 민간 잠수사들이 전부 살폈으나 이상이 없다고 했다. 해저면과 맞닿아 살펴볼 수 없는 좌현, 그중에서도 화물칸 쪽을 꼭 확인하고 싶다는 것이다. 그곳으로 물이 들어왔다면 배가 급속도로 기운 것도 이해가 된다고 했다.

"우린 팀으로 움직여요."

민감 잠수사, 해경 잠수사, 줄을 잡는 텐더와 장비를 운반하는 보조, 그리고 통신수. 민간 잠수사는 침몰한 세월호 안으로 진입하고, 해경 잠수사는 배

밖에서 대기한다. 통신수와의 통화는 민간 잠수사만 가능하다. 해경 잠수사와 통신수의 통화는 불가능하다. 배 밖에서 대기중인 해경 잠수사의 눈동자에 대한 김관홍의 설명 : "사슴 눈이 되어 있더라고요. 너무 눈이 이쁜 겁니다. 동공이 확장되고 촉촉하게 젖은 눈."

3월 23일

마포 김 사장을 저녁에 만났다. 장편으로 잠수사 이야기를 쓰는 것으로 최종 확정했다.

김관홍 잠수사가 7월 말 출간을 강력히 희망하고 있는데, 그때까지 가능한가를 물었다. 마포 김 사장은 내가 5월 말까지 초고 완성, 6월 말까지 퇴고 완성이란 스케줄을 지킬 수 있다면, 7월 말 출간은 어렵지 않다고 답했다. 결국 내가 잘해야 한다는 뜻이다. 2009년 6월 카이스트를 사직한 후론 이렇게 순발력을 발휘한 장편 집필은 하지 않기로 결심했는데, 오늘 그 결심을 깼다. 구상과 초고 집필과 퇴고를 충분한 여유를 가지고 순차적으로 하긴 어렵다. 자료 조사와 답사를 병행하면서 초고를 최대한 빨리 쓰고, 그 초고를 여러 번 퇴고하는 방식으로 갈 수밖에 없다.

"23미터를 30초 이내에 내려가야 해요."

허리에 납을 두르고 단숨에 내려간다. 잠수 가능 시간이 30분이기 때문에, 작업 시간을 확보하기 위한 방편이다. 잠수사는 잠수 장비에 대한 지식이 풍부해야 하고 각 장비를 능숙하게 다룰 수 있어야 한다.

"내가 먼저 갔었던 거예요."

김관홍은 잠수를 마치고 체임버에 들어갔다가 쓰러져 호흡 정지가 왔고 응급처치로 겨우 되살아났다. 호흡 정지가 오기 전 이미 한 차례 다리를 다쳤다. 자신이 빠져 휴식하면 다른 잠수사들의 순번이 더 빨리 돌아오기 때문에 그것이 미안해서 계속 잠수를 했다. 체임버로 들어가서, 아웃로크를 통과하여 인로크까지 들어가 피스를 물었는데 호흡이 제대로 되지 않았다.

혼절한 김관홍은 꿈을 꿨다. 안개 속을 걷고 있는데 누군가가 "관홍아, 관홍아!" 불렀다. 뒤돌아보니 수염이 덥수룩하게 난 사람이 눈을 동그랗게 뜨고 그를 계속 찾고 있었다. 강릉 폴리텍 대학에서 교수를 하는 친구였다. 그런데 그 친구 얼굴이 사찰 초입의 사천왕상과 꼭 닮았다. '나는 죽었구나.' 이렇게 생각하다가 갑자기 정신을 차렸다. 깨어난 것이다.

공우영 잠수사 재판 관련 기사들을 모아 이틀 동안 검토했다. 《미디어오늘》 장슬기 기자가 쓴 2015년 7월 7일 기사를 꼼꼼하게 정리했다. '세월호 실종자 수색 돕다가 살인자로 몰렸다'라는 제목 아래, 사건의 경과와 재판 과정에서 공 잠수사가 겪은 고통이 생생하게 담겼다. 기사 말미에 관홍이의 주장도 직접 인용되어 있다.

"지난 1년간 너무 괴로웠다. 정의까지는 바라지도 않고 상식적인 판단만 해도 무죄가 나오더라도 검찰이 항소를 할까 걱정이다. 항소를 하면 2~3년 더 고생해야 하는데, 항소 못 하게 언론에서 이제라도 도와줬으면 좋겠다. 상을 줘도 모자랄 사람이다. 국민들에게 물어보고 싶다. 우리가 무엇을 잘못했는지."

관홍이를 만난 후부터 〈세월호 참사 진실과 기록〉이라는 유튜브 채널을 매일 보며 정리하고 있다. 검토해야 할 동영상이 무척 많다. 현장을 다룬 책이 적으므로, 동영상을 샅샅이 찾을 것.

3월 24일

『포옹』 집필 시작. 1장 나는 왜 갔을까. 탄원서 형식으로 차분하게 시작했다. 현장감을 높이기 위해 군데군데 숫자를 넣었다. 잠수사들은 숫자에 무척 민감하다. 7월 9일 작업 중단하고 바지선에서 철수하라는 해경의 문자를 그대로 실었다. 관홍이가 받은 바로 그 문자다.

"몸이 데미지를 먹었어요."

김관홍은 산업 잠수사로 더 이상 일을 하기 어렵다. 어깨 회전근막이 찢어졌고 허리 디스크 두 군데가 터졌고 요추도 두 군데가 아프다. 치료 초기엔 걷는 것도 어려웠고 배뇨 장애도 심했다. 잠수병에 걸리지 않기 위해 체임버를 비롯한 장비를 점검하고 몸을 아끼며 잠수 일을 해 왔지만, 세월호 수색 및 수습을 하면서 몸이 완전히 망가져 버렸다. 민간 잠수사에 관한 뉴스가 나가기 전까지 잠수병에 대한 국민들의 관심이 너무 적었다. 돈보다는 좋아하는 잠수를 계속하고 싶다. 그러나 방법이 없다.

"해경에 대해서 그만 좀 얘기했으면 좋겠다는 소릴 들었어요."

김관홍은 해경 잠수사들을 아낀다. 세월호 바지선에서 함께 생활하며 정도 들었고, 해경 잠수사들 중에는 그전부터 다른 산업 현장에서 낯을 익힌 이들도 있었다. 잠수해서 선내로 들어갈 때 마지막으로 바라보는 눈이 바로 해경 잠수사의 눈이기도 하다. 그러니 7월 10일 민간 잠수사들을 쫓아낸 해경과 공우영 잠수사를 업무상과실치사 혐의로 재판에 넘긴 해경은 용서할 수 없다고 했다. 해경과 잘 지내야 하는 잠수업체 측의 입장도 이해는 하지만, 공우영 잠수사가 무죄로 최종 판결이 날 때까지는 해경의 부당함에 대하여 계속 증언할 것이다.

"국민수상안전에 관한 모임을 하고 싶습니다."

김관홍 잠수사는 국민수상안전에 관한 교육 프로

그램을 만들어 보려 한다. 대한민국 국민이 해양 재난 사고를 당했을 때 대처 방법을 이론과 실기를 겸하여 꼼꼼하게 지도하고 싶은 것이다. 뭘 해도 돈이야 벌겠지만, 세월호 민간 잠수사로서 김관홍만이 할 수 있는 일을 찾아서 하고 싶다.

민간 잠수사 이광욱 사망 사건 관련 기사들을 모아 검토했다. 2014년 5월 7일 《내일신문》 곽재우 기자는 민간 잠수사가 받은 푸대접을 집중적으로 다뤘다. "구조 현장에는 의료진도 없었다. 바지선 위 감압 체임버를 작동시키는 오퍼레이터는 있어도 의료진은 인근 청해진함 등 해군 함정에만 있었다. 그러다보니 사고 발생 후 6시 31분쯤 군의관이 도착해 CPR심폐소생술을 실시했지만 이미 늦은 것으로 확인되고 있다."

《연합뉴스》 '〈세월호 참사 한 달〉 출항 침몰 수색 일지'도 참고할 것.

김관홍 인터뷰 영상을 검색하여 모았다. 모두 아홉 개다. 밤을 새워야겠다.

3월 25일

『포옹』 1장을 끝까지 썼다.

첫 번째 이야기에선 맹골수도로 내려가기 전까지의 상황을 그렸다. '왜 하필 그게 저여야만 했을까요?' 이 질문으로 모이도록!

두 번째 이야기는 민간 잠수사들이 돈 벌려고 내려갔다고 믿는 대리운전 기사 공환승의 목소리를 담았다. 이틀 정도 걸릴 거라고 여겼는데, 하루 만에 쭉 나가서 글을 마쳤다. 대리운전 기사의 애환에 대해서는 관홍이의 경험담을 충분히 담을 것.

관홍이의 설명에 따르자면, 낮보다 밤, 맑은 날보다 비가 내리거나 바람이 심한 날이 더 힘들다. 침몰한 세월호 선내와 비슷한 분위기가 되면 갑자기 의욕이 없고 우울해진다. 죽고 싶단 생각이 지렁이처럼 기어 나온다. 이대로 있다간 정말 죽을 것만 같아서 무작정 밖으로 나간다. 지인이나 친구 들에게 연락해서 만나 술을 마신다. 새벽까지 같이 있고 싶지만 대부분 직장과 가정이 있으니 그들과는 자정 전후로 헤어진다. 혼자 남아 밤거리를 서성인 적도 많다. 겨우 새벽이 되면 집으로 들어간다. 지인이나 친구 들과 어울리는 것도 한계가 있다. 그래서 택한 직업이 야간 대리 운전이다. 밤에 깨어 돌아다니면서 용돈 벌이라도 되는 일은 이것뿐이다.

"꿈 속에서도 찾고 있어요."

민간 잠수사들은 바지선에서 물러나 병원에 입원한 후에도 병실에 모여 계속 의논했다. 미수습자들이 있을 가능성이 큰 곳을 하나하나 짚어 가며 지새운 밤도 많았다. 그러다가 잠이 들면, 꿈에서도 그들은 미수습자를 찾아 세월호 선내를 더듬으며 돌아다녔다.

관홍이가 사진을 몇 장 보내 줬다. 바지선에선 찾기 힘들던 잠수사들 단체 사진도 있다. 모두 잠수복을 벗고 환자복으로 갈아입었다. 둥글게 모여 앉아 웃고 있지만, 몸도 마음도 얼마나 아플까.

3월 9일 김관홍과 했던 인터뷰 주요 내용 정리를 마쳤다.

《뉴시스》, 구용희 기자, 2014년 11월 11일 기사. 선원 1심 재판 판결문으로 본 세월호 도입에서 침몰까지를 상세히 다뤘다. 증축 과정에 주목할 것. "B데크의 선미 부분을 철거하고, A데크의 선미 2.8미터, 갑판 5.6미터, 천정 1.6미터를 연장해 생긴 공간을 두 개 층으로 만들어 하층은 여객실로, 상층은 전시실 등으로 개조하는 데 초점이 맞춰졌다. 아울러 선수 우현의 카램프차량 진입문 40톤 상당을 철거하는 등의 수리 및 증축공사가 실시됐다. 이후 완성 복원성 계산 결과, 세월호의 총톤수는 239톤이 증가했다."

청와대 대변인의 잠수사 일당 발언 기사를 모아 검토했다. "민간 잠수사가 일당 1백만 원, 시신 1구 인양 시 5백만 원을 받는 조건으로 일하고 있다."

3월 26일

『포옹』 2장 도착. 첫 번째 이야기를 마쳤다. 4월 23일 서망항으로 들어가는 장면부터 썼다. 팽목항엔 유가족과 해경 등 사람들이 너무 많아서 서망항을 택한 것이다. 최선임最先任 잠수사 이름을 우선 '남창우'로 정했다. 나중에 교체할 수도 있다. 공우영 잠수사의 일화들을 더 모을 것. 남창우 잠수사는 첫 연설에서 희생자를 수습해 오는 방법으로 '포옹'을 강조한다. 이 소설의 주제를 선명하게 부각시키는 장면이다. 잠수복 입는 순서와 잠수 장비 명칭들, 관홍이에게 확인하여 보강할 것.

《시사인천》, 김갑봉 기자, 2014년 5월 13일 기사. 바지선에 대한 분석이 돋보인다. 4월 19일 오전에 '2003 금호'호가 도착했지만 소형이고 체임버도 없어서 본격적인 실종자 수색을 하기엔 충분하지 않았다. 4월 22일 자정을 넘겨 대형 바지선인 '현대 보령'호가 도착했지만, 해경은 '현대 보령'호의 투입을 허락하지 않았고, 그보다 늦게 온 '언딘 리베로'호를 4월 23일 투입하였다. 이 때문에 해경이 언딘에 특혜를 준 거 아니냐는 의혹이 제기되고 있는 것이다.

각 바지선의 장단점에 대하여 관홍이에게 다시 확인해야겠다. 리베로 바지선에서 일했다고 전부 언딘 소속 잠수사는 아니라는 관홍이의 주장에 주목할 것. 언딘 잠수사와 민간 잠수사는 다르다.

나무위키 '청해진 해운 세월호 침몰사고/월별 기록'을 검토했다. 각 월을 클릭해서 들어가면 일별 타임라인과 주요 사건을 확인할 수 있다. 2014년 4월부터 7월까지 일별 타임라인과 주요 사건을 정리할 것.

3월 27일

『포옹』 2장 두 번째 이야기까지 마쳤다. 동거차도 어민의 목소리를 담았다. 배 이름은 풍운호. 미역 양식을 해 왔고, 4월 17일 유가족을 서망항에서 태우고 참사 현장 가까이 접근했다. 사건 당시 유가족 중에는 이렇게 배를 빌려 사고 해상으로 나간 경우도 있었다. 바닷물이 너무 차가워 우리 애는 죽은 것 같다는 이야기까지 넣었다.

『포옹』 집필 계획도를 작성했다. 대략적인 구상이며, 계속 다듬어 나가야 한다.

세월호 참사로 인한 동거차도와 서거차도 어부들의 피해를 다룬 기사들을 검토했다. 세월호가 침몰하면서 유출된 기름 때문에 어민들은 미역 양식에 치명타를 입었다. 빠른 물살을 견디며 자라는 거차도 미역은 다른 바다의 미역보다 탄력이 월등하게 좋은 상등품이다. 정부의 보상액은 미미하다. 세월호의 숨겨진 피해자로 어부들을 소설에 담아야겠다. '세월호 유류오염손해 및 어업인 손실 배 · 보상 지급 신청'에 관해 조사할 것.

1부 집필 계획도

	1	2	3	4
나용주 탄원서	나는 왜 갔을까	도착 (4월 23일)	2인 1조	첫 수습
	'존경하는' 23일 이전 상황.	23일 도착하여 첫 잠수를 하러 물에 뛰어드는 장면.	해경과의 관계. 첫 선실 수색에서 시신을 발견하는 대목에서 끝남.	남학생 윤동호의 을 수습하여 안고 호 밖까지 나옴.
인터뷰*	공환승(60): 대리기사.	지병석(52): 동거차도 어부. 유가족 최용재를 사고 현장에 태워다줌.	조담(46): 생존 학생 조현의 아버지, 조현의 친구인 윤동호의 아버지 윤태식과는 직장 동료.	박정두(27): 전직 해경. 조현(19): 단원고 생존 학생. 고대 병실을 벗어 동호의 장례식 참
특이 사항	나용주가 나중에 대리기사를 할 때 공환승과 만남–공환승이 자신의 생각을 고침.	나용주가 나중에 유가족과 함께 동거차도로 들어갈 때 지병석과 다시 만남.	나중에 나용주와 함께 동거차도에 들어감.	박정두▶나용주가 중에 해양안전학 만들 때, 강사로 합 함. 조현▶나용주가 나 에 1주기 즈음하여 원고 교실에 갔을 윤동호의 좌석에 조현을 만남.

	6	7	8	9	10
)	발견	심정지	이광욱 잠수사 사망 (5월 6일)	작업 재개	철수 (7월 10일)
끼어	여학생 강나래의 시신 발견. 잘 나오지 않음. 수습하느라 시간을 지체함. 이어폰이 빠진 상황. 한 차례 강나래를 놓쳤다가 다시 나래가 나타남.	강나래를 수습한 후, 체임버에서 쓰러져 심정지. 응급처치하여 병원 이송. 사흘 쉬고 복귀.	이 잠수사와의 일화.		비밀각서 등을 씀. 리베로 바지를 나올 때의 심정.
): 사 겸 머물 들 치	박윤솔(19): 강나래의 교회 친구. 전도사와 싸우고 교회를 나옴. 강나래 생일 모임에서 추억을 이야기함.	나빈(12): 나용주의 막내딸. 아버지 따라서 김제동쇼 참석 후 인터뷰. 아버지에 대한 원망이 많았다가 자랑스러워함.			최용재(50): 유가족, 자식 장례 치른 후에 다시 팽목에 와서 머묾.
나중 잠수 다 도 후 생하 여 줌.	나용주가 나중에 강나래의 생일 모임에 참석하여 박윤솔의 후일담을 들음. 박윤솔이 묘사하는 강나래의 얼굴 특징에서 자신이 손으로 더듬어 확인한 부분과 일치함을 깨달음.				나용주가 나중에 광화문 농성장에서 분향함.

* 괄호 안은 인터뷰 연도(2014~2015년) 기준 나이.

3월 28일

서울 시청에서 열린 특조위 제2차 청문회를 하루 종일 참관했다. 팟캐스트에 출연했던 유가족 엄마 아빠 들과 반갑게 인사를 나눴다.

관홍이를 만났다. 여전히 밝게 웃으며 내 팔을 잡아끌었다.

"형님! 4월 중순까진 제가 좀 바빠질 것 같습니다. 전화나 문자를 하셔도 제때 못 받습니다만, 늦더라도 밤에 꼭 답장하겠습니다."

은평 갑 국회의원 후보로 나가는 박주민 후보를 돕겠다는 것이다. 선거 운동 기간이 3월 31일부터 4월 12일까지다. 세월호 변호사인 박주민 후보를 민간 잠수사 김관홍이 돕는 것이다. 선거 운동을 시작하면 그 기간엔 잠잘 틈도 없을 것이다. 김관홍은 또 저렇게 자신을 던지려 하는구나. 바쁘더라도 끼니 거르지 말고 건강 잘 챙기라고 말하자, 관홍이가 웃었다.

"저 끄떡없습니다. 형님 몸이나 걱정하세요. 소설은……?"

말끝을 흐렸다. 장편소설 진척 상황이 궁금한 것이다. 나는 창작 공책을 꺼내 집필 계획도부터 우선 보여 줬다. 관홍이는 계획도를 유심히 들여다봤다.

"원고지로 환산해서 100매쯤 썼어."

"벌써요?"

관홍이 표정이 밝아졌다.

"여름까지 마치려면 달려야 해. 근데 이 장편 말고, 잠수사가 등장하는 단편을 하나 더 쓰고 싶어."

"그건 또 뭔가요?"

나는 '아이들의 방' 사진전에서 본 희생 학생들의 방과 물건들에 관해 짧게 이야기했다. 그리고 침몰한 세월호에서 모시고 나온 희생 학생의 유가족을 직접 만난 적이 있는지 물었다. 관홍이 얼굴이 순식간에 어두워졌다.

"알려면 알 수도 있겠지만, 아직은 제가 모시고 나온 학생의 부모님을 만나는 건 힘듭니다……."

그때 우리 옆을 지나가던 사람들이 관홍이에게 알은체를 했다. 붙임성 좋은 관홍이가 일어나선 그들과 손을 잡고 한 사람 한 사람 인사했다. 나는 서너 걸음 물러나 기다렸다. 그리고 이런 풍광도 공책에 끼적였다. 돌아온 관홍이가 핸드폰으로 시간을 확인하곤 말했다.

"이만 가 봐야 하겠습니다. 바쁜 일 끝나면, 맛있는 거 먹으러 가요. 은평에 제가 잘 아는 맛집으로 모실게요. 전화하세요."

3월 29일

『포옹』 3장 두 개의 몸 하나의 심장. 첫 번째 이야기를 마쳤다. 해경 잠수사와 2인 1조로 잠수하는 장면이다. 긴장감을 고조시키기 위해 선내로 진입하기 직전에서 끊었다. 민간 잠수사와 해경 잠수사의 팀워크가 어떻게 이뤄졌는지를 보여 줄 것. 민간 잠수사가 선내 수색을 주도했다는 사실을 강조할 것. 이 장면도 나중에 관홍이와 하나하나 읽으며 검토해야겠다.

수중 LED가 세월호 수색에 얼마나 도움이 되었는지 관홍이에게 확인할 것. 《뉴시스》, 송창헌 기자, 2014년 5월 23일 기사. "23일 범정부 사고대책본부에 따르면 침몰한 세월호 선체에 설치된 수중 LED조명은 100개 정도로 지난달께 설치됐다. 효율적인 수색 구조 작업을 위한 조치로, 안내줄가이드라인과 주요 출입구, 객실 표시용으로 주로 사용돼 '수색 도우미' 역할을 톡톡히 했다. 수색 구간 표시와 수색통로 표시에도 요긴했다. 특히 강한 조류에 1미터 앞조차 분간하기 힘든 열악한 시계視界로 수색 작업이 애를 먹는 상황에서 LED 조명은 손전등과 잠수부 헬멧 전등과 더불어 몇 안 되는 구조 길잡이였다."

3월 30일

『포옹』 3장 두 번째 이야기를 마쳤다. 생존 학생 조현 군의 아버지 조담 씨의 목소리. 세월호에서 탈출한 후 생존 학생들이 겪은 어려움과 트라우마 그리고 희생 학생들에 대한 그리움을 담았다. 〈416의 목소리〉에 출현한 생존 학생 아버지의 이야기를 참고했다.

4장 '첫'의 도입부도 조금 썼다. 선내 수색과 수습을 그릴 4장이 정말 중요하다.

3월 31일

『포옹』 4장 첫. 계속 썼다. 역시 어렵다. 오후까지 집중했지만 15매밖에 나가지 못했다. 관홍이로부터 충분히 설명을 들었지만, 선내 상황을 문장으로 옮기려고 하니 여기저기 자꾸 막혔다. 아직 세월호 선내를 완전히 장악하지 못한 탓이다. 할 수만 있다면 30분 동안의 잠수를 10초 단위로 끊어 자세하게 담고 싶다. 내게 부족한 부분을 체크할 것. 아직 멀었다.

저녁에 안산으로 갔다. 치유공간 '이웃'에서 마련한 강승묵 학생 생일 모임에 참석했다.

승묵이가 평소에 쓰던 책과 공책과 가방, 승묵이의 지난 시절을 담은 앨범들이 탁자 위에 놓였다. 블라인드를 내린 창에는 승묵이의 사진들이 가득 붙어 있었다. 화면에는 안경을 쓴 훈남 승묵이가 환하게 웃고 있다.

해마다 돌아오는 희생 학생의 생일날, 유가족은 더 슬프고 외롭고 아프다. 치유공간 '이웃'에서는 생일 모임을 원하는 유가족의 요청을 받아 정성껏 준비해 오고 있다. 『엄마, 나야』(난다)라는 시집도 이 생일 모임에서 읽힌 시들을 모은 것이다.

모임 시간이 되자, 승묵 엄마와 아빠가 이웃으로 들어왔다. 승묵 엄마는 〈416의 목소리〉를 할 때 인사를 나눴고, 부스 밖에서 그녀의 이야기를 들었다. 승묵 아빠는 오늘 처음 뵈었다.

사회를 맡은 정혜신 선생의 이야기 중에서 기억에 남는 대목.

"지금부터는 오직 승묵이만 생각합시다. 친구들도, 가족들도, 또 이웃 치유자들도, 여기 모인 모든 사람들이 승묵이에 대해서만 이야기해요. 승묵, 승묵, 승묵, 승묵, 승묵이 이야기로 이 시간과 공간을 가득 채웁시다. 그걸 위해 우리가 여기 모인 거예요."

2016년
4월

4월 1일

『포옹』 4장 '첫'을 마쳤다. 만족스럽지 않다. 관홍이에게 잠수 시작부터 선내 진입과 수색 그리고 희생자 수습과 바지선으로 복귀하여 체임버에 들어가기까지 과정을 한 번 더 들어야겠다. 오늘은 일단 이 정도로 두고 넘어간다.

〈416의 목소리〉 12화 업로드되었다.

4월 2일

『포옹』 4장 두 번째 이야기를 마쳤다. 생존 학생 조현의 목소리. 참사 후 2년이 지나고 조현은 대학생이 되었다. 시간이 지나도 세월호에서 죽은 친구에 대한 그리움은 사라지지 않는다. 입원실에서 고대 안산 병원 영안실로 내려가는 장면을 자세히 썼다. 둘만의 내밀한 대화. 생과 사를 넘어가는, 그래서 더 안타까운.

5장 병사는 참호를 탓하지 않는다, 도입부 썼다. 이 문장은 관홍이가 내뱉듯이 툭 던지곤 마음에 드는지 다시 한 번 천천히 읊조린 말이다.

〈416의 목소리〉 13화 정예진 아빠 정종만 씨의 이야기를 보충 녹음했다. 의지를 적시는 슬픔, 슬픔을 뒤따르는 공허함, 공허함을 지우는 의지. 돌고 돌고 돈다. 예진 아빠의 이야기는 이 미로에 잠겨 있다. 진상규명이 되지 않으면, 계속 미로에서 헤맬 것이다.

4월 3일

『포옹』 5장까지 마쳤다. 전체의 4분의 1 정도 한 건가.

5장 첫 번째 이야기. 바지선에서의 힘겨운 나날들. 해경과의 차별 대우. 해경은 함정에 가서 푹 자고 쉬고 오는데, 민간 잠수사는 바지선을 떠날 수 없다. 잠수사끼리도 차별이 있는 것이다. 민간 잠수사는 해경 잠수사보다 더 험한 일을 더 오래한다. 그러나 충분히 쉬지도 못한다. 민간 잠수사가 혼자 하잠줄 두 개가 엉킨 것을 풀다가 다리를 다치는 장면을 썼다. 관홍이의 경험담.

5장 두 번째 이야기. 물리치료사. 5월 6일 이전에는 바지선에 의사가 없었다. 물리치료사는 잠수사들의 몸을 풀어 주면서 마음도 안정시키는 중요한 역할을 했다. 관홍이와 친했던 물리치료사를 만나볼까.

4월 4일

『포옹』 6장 아직 답을 듣지 못했어요. 희생 학생 강나래를 모시고 나오는 이야기. 집중해서 썼지만 이번에도 많이 쓰지 못했다. 희생 학생을 모시고 나오는 이야길 쓰면 내 몸도 젖는 것 같다. 단어들까지 축축 늘어져 잘 떠오르지 않고 건너뛰기도 힘들다.

〈416의 목소리〉 14화 예은 아빠 유경근 씨와 녹음했다. 시즌1 팟캐스트 녹음을 모두 마쳤다. 정 피디가 14화 녹음한 것을 바탕으로 세월호 참사 2주기 특집 다큐멘터리를 만들 예정이다. 어디를 어떻게 만질지 기대도 크고 걱정도 된다. 월요일마다 이어지던 팟캐스트 녹음이 끝났으니 『포옹』 집필에 더 집중해야겠다.

관홍이는 역시 바쁘다. 심야 대리운전을 해 왔으니, 박주민 후보 차를 운전하는 것이 썩 어울린다. 제대로 잘 찾아간 것 같다. 낮도 밤도 없이 운전하며 다니겠구나. 은평의 도로와 골목이야 손바닥에 올려놓고 보듯 훤히 안다고 자랑했었다. 증산중학교와 숭실고등학교를 졸업했으니, 은평은 관홍이의 텃밭이라면 텃밭이다. 너무 잘 안다고 무리하지 말고 바쁘겠지만 틈틈이 쉬면서 운전하기를! 하지만 쉴 여유가 있으면 한마디라도 선거에 보탬이 되는 이야길 할 녀석이다.

4월 5일

『포옹』 6장 첫 번째 이야기를 마쳤다. 스스로 민간 잠수사를 찾아온 희생 학생 강나래. 이것 역시 잠수사들의 경험담이다. “고마워, 내게 와 줘서.”

인천교육청에서 ‘개화기 인천, 이야기의 화수분’이란 주제로 강연했다. 사회는 친구인 정용실 아나운서가 맡았다. 장편소설 『뱅크』에 관해서만 이야기하면 되는 자리인데, 세월호로 이야기가 흘러갔다.

4월 6일

『포옹』 6장 두 번째 이야기. 강나래 언니 강현애의 목소리. 쓰면서 남지현과 남서현 자매 생각을 참 많이 했다. 세월호 희생 학생의 언니 혹은 누나 혹은 오빠 혹은 여동생 혹은 남동생의 목소리를 현애에게 담을 것.

일부 몰지각한 교회 목사들의 설교 내용을 정리해서 넣었다. 세월호 참사에서 종교의 역할은 무엇일까.

4월 7일

『포옹』 7장 선택이 아닌 필수. 첫 번째 이야기를 마쳤다. 왜 해경은 바디팩을 끝까지 지원하지 않았을까. 희생자를 한꺼번에 담으라고 만들어 보냈다는, '개장'이라고 불린 쇠 상자는 볼수록 화가 난다. 소설에서는 '멍텅'이라고 명명했다. 관홍이 말대로, 희생자에 대한 최소한의 예의도 없단 말인가.

4월 8일

『포옹』 7장 두 번째 이야기를 중간까지 썼다. 은철현 기자의 목소리. 세월호 참사 현장에는 많은 기자들이 있었다. 그들이 취재한 내용과 찍은 사진은 제대로 보도되지 않았다. 기레기. 왜 이런 말까지 나왔던 걸까.

4월 9일

『포옹』 7장 두 번째 이야기를 마쳤다. 너무 긴가. 퇴고할 때 분량을 만져야겠다. 함부로 시신을 찍지 않는 외신기자 마리아. 때론 이런 대비도 필요하다.

4월 10일

『포옹』 8장 그 하루, 마쳤다.

첫 번째 이야기. 이광욱 잠수사가 사망한 날을 요약하여 담았다. 재판 기록을 확인하면서 최대한 사실에 가깝도록 다듬었다.

두 번째 이야기. 희생 학생 최혁서의 아버지 최용재의 목소리. 혁서가 늦게 올라오는 바람에 바지선까지 가서 잠수사와 만났던 최용재 씨의 이야기다. 유가족과 잠수사는 서로가 서로를 어떻게 받아들여야 할까. 참사 현장에서도 그들은 만났고, 나중에 광화문 광장에서도 그들은 만났다.

9장 도입부와 편지 부분도 초를 잡다.

4월 11일

『포옹』 9장 끝의 시작, 마쳤다. 8장과 9장은 분량이 짧아서인지 이틀 사이에 쭉 나간다.

첫 번째 이야기. 이광욱 잠수사 사고 후부터 7월 10일 철수하는 날까지 요약했다. "다시 올게. 포기하지 않을게." 이건 관홍이의 바람이기도 하다.

두 번째 이야기. 아르헨티나에서 보낸 조치벽의 편지. 인터뷰가 아닌 편지로 변주를 줬다. 산업 잠수사 중에는 외국에서 일하는 이들도 많다. 민간 잠수사 중 일부는 잠수병이 깊어 잠수 자체를 못 하게 된다. 그렇지만 또 일부는 여전히 뛰어난 잠수 실력을 선보이며 세계를 누비고 있는 것이다.

『포옹』 1부 마쳤다. 잠수 기술과 잠수 장비 그리고 세월호 수색 과정에 대한 정밀한 묘사가 더 필요하다는 점만 빼곤 아직까진 순조롭다.

《경인일보》, 2013년 10월 29일, 정운 기자 기사. 2013년 11월 1일부터 2014년 4월 30일까지, 인천-제주 여객선 세월호가 주2회에서 주3회로 운항 횟수를 늘린다.

4월 12일

『포옹』 10장 반드시. 끝까지 마쳤다.

첫 번째 이야기는 7월 10일 철수 후 병원에 입원하여 치료받는 과정을 그렸다.

두 번째 이야기는 잠수의학 전문의 윤철교의 목소리. 윤 박사와 같은 전문의가 4월 19일부터 바지선에 있었다면, 민간 잠수사들의 몸과 마음이 그토록 상처를 입지는 않았을 것이다.

『포옹』 집필 계획도를 2부까지 보강하여 작성하였다.

SBS 라디오 〈남희석의 사이다〉에 출연하여, 세월호 참사에 관한 이야기를 나눴다. 〈416의 목소리〉의 사회를 보는 동안, 유가족 엄마, 아빠, 언니, 민간 잠수사, 생존 학생, 생존 학생 아빠 등을 만나 보

1부 집필 계획도

	1	2	3	4
나용주 탄원서	나는 왜 갔을까	도착 (4월 23일)	2인 1조	첫 수습
	'존경하는' 23일 이전 상황.	23일 도착하여 첫 잠수를 하러 물에 뛰어드는 장면.	해경과의 관계. 첫 선실 수색에서 시신을 발견하는 대목에서 끝남.	남학생 윤동호 신을 수습하여 세월호 밖까지
인터뷰	공환승(60): 대리기사.	지병석(52): 동거차도 어부. 유가족 최용재를 사고 현장에 태워다줌.	조담(46): 생존 학생 조현의 아버지, 조현의 친구인 윤동호의 아버지 윤태식과는 직장 동료.	박정두(27): 전직 해경. 조현(19): 단원 존 학생. 고대 벗어나서 윤동 례식 참석.
특이 사항	나용주가 나중에 대리기사를 할 때 공환승과 만남–공환승이 자신의 생각을 고침.	나용주가 나중에 유가족과 함께 동거차도로 들어갈 때 지병석과 다시 만남.	나중에 나용주와 함께 동거차도에 들어감.	박정두▶나용 나중에 해양인 교를 만들 때, 로 합류함. 조현▶나용주가 중에 1주기 즈 단원고 교실에 때 윤동호의 자 앉은 조현을 만남.

	6	7	8	9
])	심정지		이광욱 잠수사 사망(5월 6일)	6월부터 7월 10일까지.
이 끼어	여학생 강나래의 시신 발견. 잘 나오지 않음. 수습하느라 시간을 지체함. 이어폰이 빠진 상황. 한 차례 강나래를 놓쳤다가 다시 나래가 나타남. 강나래를 수습한 후, 체임버에서 쓰러져 심정지.	응급처치하여 목포 한국병원으로 이송. 닷새 쉬고 복귀.	이 잠수사와의 일화.	
0): 사 겸 머물 사들 치	강현애: 강나래의 언니. 목사와 싸우고 교회를 나옴. 분향소에서 예배를 드림.	은철현: 기자. 한국병원에서 나용주와 인터뷰함.	최용재: 유가족. 바지선에 올라와서 나용주를 만난다.	조치벽: 잠수사. 참고인에서 피의자로 남창우를 옮긴 후에도 계속 일을 하도록 시킨 이유가 궁금하다고, 아르헨티나에서 편지 보냄.
나중 에 잠수 가 다 끝 도 후유 생하자, 침을	나용주가 나중에 강나래의 생일 모임에 참석하여 박윤솔의 후일담을 들음. 강현애가 묘사하는 강나래의 얼굴 특징에서 자신이 손으로 더듬어 확인한 부분과 일치함을 깨달음.	동거차도에 같이 감.	최용재는 나중에 가족 대표로 단식.	

2부 집필 계획도

	1	2	3	4	
나용주 탄원서	치료. 삼천포 병원 등에서 잠수병 치료.	남창우 잠수사 기소(8월 26일). 병실에서 분노하는 잠수사들.	극심한 정신적 육체적 병에 시달림. 트라우마. 심해 잠수에 대한 두려움. 12월 치료 중단.	대리 기사 시작함. 소회.	광화 에 시 교실 감.
인터뷰	윤철교: 잠수의학 전문의.	송은택: 변호사. 나용주의 전화를 받다. 전담하게 되다.	약혼녀—파혼.	공환승②	오주 윤동 마 조현 호의 청소 주와 만남
특이사항				1부 1장	1부

7	8	9	10
광화문 농성장으로 처음 들어감. 눈물 쏟음.	〈나용주의 일기1〉– 남창우 무죄 선고일.	〈나용주의 일기2〉– 제1차 청문회 증언.	〈나용주의 일기3〉– 2016년 4월 16일(2주기) 동거차도에서 인양 작업 중인 바다를 봄.
최용재②			나용주는 최용재와 조담과 은철현과 박정두가 동거차도 들어가서 지병석의 집에 들른다. 지병석이 배려한 움막에서 잠수하던 곳을 봄. 세월호 기억수집단도 전부 동거차도로 간다.
1부 2장	2015년 12월 7일	2015년 12월 14~16일	나용주가 해양안전학교를 하겠다는 포부를 밝힘.

며 느끼고 생각한 것들을 솔직히 말했다. 라디오 부스에서 나를 바라보는 희석이의 두 눈이 벌겋게 젖어 들었다. 녹음 후 함께 점심을 먹었다.

EBS 〈명의〉 '잠수병 전문의 김희덕 원장'편을 보았다. 잠수병이라고 하면 골괴사부터 떠올린다. 골괴사도 심각한 질병이지만, 그 외에도 무리한 잠수로 인해 발생하는 병이 많다. 김희덕 원장님을 민간 잠수사를 치료하는 잠수병 전문의의 모델로 삼으면 되겠다.

4월 13일

『포옹』 11장 공소 제기, 첫 번째 이야기를 마쳤다. 남창우 잠수사가 업무상과실치사 혐의로 재판을 받는 과정과 동료 잠수사들의 심정을 담았다. 하늘 아래 이보다 더 억울한 경우가 있을까.

박주민 후보가 당선되었다. 밤늦게 관홍이의 웃음소리를 들었다. 웃다가 울고 울다가 웃는.

4월 14일

『포옹』11장 두 번째 이야기. 송은택 변호사. 세월호 참사 현장에는 유가족을 비롯한 피해자들을 도운 변호사들이 있었다. 박주민 변호사를 생각하며 송 변호사의 목소리를 담았다.

4월 15일

『포옹』 12 장 완전한 팽, 첫 번째 이야기를 중간까지 썼다. 민간 잠수사들이 치료도 제대로 받지 못하고 정부와 해경으로부터 팽 당하는 부분이다. 자료를 찾아 읽을 때마다 쌍욕이 나왔다. 정부와 해경은 필요할 땐 목숨이 위태로울 정도로 위험한 잠수를 시켜 놓고 그 과정에서 다친 몸과 마음을 치료할 뜻이 없는 것이다. 미리 치료비를 챙겨 줘도 모자랄 상황인데, 치료를 받게 해 달라는 정당한 요구조차 법률이 어떻다느니 하며 차일피일 시간을 끈다. 모욕도 이런 모욕이 없다. 개새끼들!

《황해문화》 여름호에 수록할 예정인 세월호 단편 집필을 시작했다. 관홍이에게 들려줬던 그 이야기다. 주인공인 사진 작가의 작업실은 인천 연안부두 앞이다. 2014년 4월 15일 안개 자욱한 저녁, 사진 작가는 세월호에 탑승하는 단원고 학생들을 우연히 만난다. 그리고 1년 뒤 '아이들의 방'을 촬영하기 위해 희생 학생의 집으로 향한다. 이렇게 첫머리를 풀어갈 것이다. 제목을 정하고 쓰기 시작했다. 「찾고 있어요」.

'4·16세월호참사 진상규명 및 안전사회 건설 등을 위한 특별법', '4·16세월호참사 피해구제 및 지원 등을 위한 특별법' 프린트해서 검토했다.

4월 16일

집필을 쉬었다.

세월호 참사 2주기 기억식에 참가하기 위해 아침 일찍 안산으로 갔다. 기억식을 마친 뒤, 관홍이가 운전하는 차를 타고 하늘, 서호, 효원 추모공원으로 차례차례 갔다. 〈416의 목소리〉를 진행하면서 알게 된 희생 학생과 희생 교사 앞에 오래 서 있었다.

하늘공원에선 남지현 학생 앞에 제일 오래 머물렀던 것 같다. 동생을 그리워하며 눈물 쏟던 언니 남서현 씨의 얼굴이 자꾸 떠올랐다. 세 자매가 어릴 때 함께 찍은 사진이 붙어 있었다. 그리고 수첩이 함께 놓였다. 지현이를 만나고 간 이들의 문장들을 천천히 읽었다. 나도 몇 글자 적었다.

관홍이는 희생 학생들을 모신 곳으로 다가서지 못하고 멀찍이 뒤에 서 있었다. 담배 한 대 피우겠다고 했는데, 담배가 문제가 아니라 희생 학생들의 이름과 사진에 가까이 다가서기가 힘든 것이다. 서호에서도 효원에서도 뒷걸음질을 하거나 아예 건물로 들어오지 않았다. 매사에 적극적으로 나서서 도움을 주는 그답지 않았다. 효원 추모공원에서는 최혜정, 이지혜, 전수영, 유니나 선생님 앞에 오래 서 있었다. 희생 학생뿐만이 아니라 희생 교사의 삶도 내 문장으로 옮길 날이 있으리라.

아침부터 구름이 잔뜩 꼈는데, 효원 추모공원을 나오니 본격적으로 비가 뿌렸다. 도로의 차들이 느릿느릿 움직였다. 저녁에 광화문 광장에서 열리는 추모문화제 시간을 감안해서 일찌감치 나섰지만, 운전하는 관홍이는 답답한지 자주 한숨을 내쉬었다. 쉬었다 갈까 물었다. 관홍이는 낮에서 밤으로 바뀌는, 주위가 어둑어둑해 지는 때가 오면 기분이 가라앉는다고 했다. 맹골수도에 다녀온 직후부터 생긴 습관 아닌 습관이다. 특히 오늘처럼 비가 내리는 저녁은 더 견디기 힘들다고 했다. 침몰한 세월호로 들어가기 위해 수중으로 잠수할 때도 떠오르고, 엉망진창인 배 안도 생각나고, 모시고 나온 학생의 얼굴도 기억난다고 했다. 그래서 힘들다고.

잠시 침묵이 흐른 뒤, 관홍이가 불쑥 물었다.

"비가 너무 많이 오네요. 사람들이 얼마나 모일까요?"

나도 걱정하고 있었다. 이번에 당선된 국회의원들까지 광화문 광장에 나온다는 소식을 듣긴 했지만, 폭우가 쏟아지면 과연 집회가 열릴 수 있을까.

서울로 들어선 후엔 다행히 차가 잘 빠졌다. 빗줄기는 점점 굵어졌다. 저녁을 간단히 먹고 비닐 우비를 사서 입고 광화문 광장으로 향했다. 그런데 우리들 걱정과는 달리 광장은 발 디딜 틈이 없었다. 관홍이가 알아듣기 힘든 고함을 막 질러 댔다. 그러더니 큰 엉덩이를 흔들고 빙글 몸을 돌리며 춤을 췄다.

"이렇게 많이, 세월호를 잊지 않는단 거죠? 이렇게 많이, 함께 한다는 거죠?"

그는 날렵하게 군중 속으로 사라졌다. 수중에선 물개보다도 더 빠르다는 이야기가 허풍이 아니었다.

4월 17일

「찾고 있어요」 집필. 단편보다는 중편이 될 듯하다.

세월호 사건은 멀리 진도 근처 바다에서 여객선이 침몰한 과거의 사건이 아니다. 안산이란 작은 도시에서 250개의 방 주인이 한꺼번에 사라진 사건이다. 그리고 지금도 밤만 되면 250개의 방에 불이 켜지고, 아침이 되면 250개의 방에 불이 꺼지는 현재 진행형인 사건이다.

4월 18일

「찾고 있어요」 집필.

희생 학생의 카메라 역시 방에 두고 쓰지 않는 물품이어선 안 된다. 희생 학생의 엄마가 그 카메라로 세상을 계속 찍어야 한다. 아들이라면 어떻게 찍었을까 고민하며 그리워하며!

OBS 다큐멘터리 〈아버지의 목소리〉를 봤다. 참사를 기억하려는 노력은 모두 귀하다.

4월 19일

「찾고 있어요」 초고를 완성했다. 4월 16일 경기도 화성에서 서울로 오며 관홍이가 해 준 이야기를 단편의 말미에 녹여 넣었다. 악몽을 꾸느냐는 팟캐스트 사회자의 질문에 민간 잠수사 오민재는 이렇게 답한다.

"꿈 같은 건 안 꿉니다. 악몽은 더더욱! 대신 오늘처럼 짙은 안개가 끼거나 비가 부슬부슬 내리면, 보입니다.

광화문 광장에서도 안산의 교실에서도 저는 똑똑히 봤습니다. 그것들은 어디에나 있어요."

"그것들이라고요? 맨정신에 뭘 본다는 겁니까?"

"이렇게 팔을 뻗고 발을 굴러 뛰면 만져집니다. 창들, 계단들, 복도의 벽과 문, 여행 가방들, 이불과 베개……."

"만지면서 뭘 하시는 겁니까?"

"찾고 있어요."

4월 20일

《뉴스앤조이》, 구권효 기자, 2016년 4월 19일, 단원고 희생자 문지성 양 엄마 안영미 씨 인터뷰. 참사가 일어난 직후 지성 엄마가 금식 기도원에 갔을 때 목사가 이런 설교를 했다고 한다. "거기에 분명 살아 돌아온 아이도 있다. 살지 못한 아이는 부모님이 기도를 많이 안 해서 그런 거다."

4월 21일

저녁에 『다시 봄이 올 거예요』(창비) 북 콘서트에 참석했다. 이 책을 위해 작가들과 인터뷰를 했고, 오늘 이야기 손님으로 출연하는 남서현을 응원하기 위해서였다. 서현이는 동생 지현이를 잃은 슬픔과 앞으로의 각오를 차분하면서도 분명하게 들려줬다. 아직 진상은 규명되지 않았고 책임자는 처벌되지 않았다는 주장을 할 땐 목소리가 많이 떨렸다. 울림이 컸다. 북 콘서트를 마친 뒤, 서현이를 만나 담소를 나눴다. 눈물 글썽이다가 웃는다.

4월 22일

『포옹』 집필 재개. 12장 첫 번째 이야기를 마무리했다. 트라우마에 시달리는 잠수사가 환영과 환청에 시달리는 모습을 그렸다. 이 장면을 쓰는 것이 힘들어, 며칠 집필을 미뤘는지도 모르겠다. 실제 민간 잠수사들의 트라우마가 이 정도일까 아니면 더 심할까. 관홍이에게 나중에 물어봐야겠다. 이건 시작에 불과하며 더 더 더 심하다고 할 것 같지만.

서울대 국문과 조해숙 교수의 초청으로 〈한국 문학의 깊이와 상상력〉 시간에 특강을 했다. 장편소설 『목격자들』을 중심으로 세월호 참사를 역사소설로 옮겨 쓰게 된 과정을 설명했다. 강연을 마치고, 중문과 이정훈 교수까지 합세하여, 낙성대 '허니자'에서 세월호 참사에 관한 이야기를 이어 갔다.

《한국일보》, 박선영, 2016년 4월 22일 기사. '도라에몽은 울지 않는다' 오영석 군 아빠 오병환 씨 이야기다. 관홍이가 티격태격하며 정이 듬뿍 든 유가족이 바로 영석 아빠라고 했다.

"세월호의 엄마, 아빠들이 '세월호 변호사' 박주민 더불어민주당 후보를 국회로 보내기 위해 도라에몽 등의 인형탈을 쓰고 선거운동 하는 사진이 선거 후 공개됐다. '헬조선에서 살아가는 청년들에게 꿈과 희망을'이라고 적힌 피켓 앞에서 도라에몽이 춤을 춘다. 혹여 표를 잃을까, 세월호 유가족이라는 사실도 알리지 않고, 아침부터 해 질 녘까지 온몸이 땀에 젖도록 길거리에 서서 춤을 춘다. 우리가 서늘하게 희망을 경멸할 때, 세월호의 부모들이 희망을 말하는 통탄할 역설. 낙선할 경우 세월호의 운동 에너지가 꺾일 수 있다며 출마를 고민하던 박 당선자에게 세월호의 부모들은 말했다. "괜찮다. 우리는 맨날 지는 사람들인데……." '맨날 지는 사람들'이 도라에몽이 되어 흘린 것은 땀이었을까, 눈물이었을까. 그리스 비극의 파토스마저 남루해지는 도라에몽의 춤 앞에서 감히 희망을 모욕한 내 죄를 벌한다."

기사를 읽고 '희비극'이란 단어를 떠올렸다. 이기기 위해선 웃겨야 하고, 웃길수록 더 슬픈 이야기. 그래도 처음으로 이긴 해피엔딩이라서 다행인 걸까. 지금 쓰는 장편엔 들어갈 자리가 없지만, 나중에 공을 들여 따로 다룰 일화다. 기억해 둘 것.

공익인권법 재단 '공감' 변호사들의 연재 칼럼 「공변의 변」에서 '세월호 참사를 돌아보며, 이제 시작이다-존엄과 안전에 관한 4·16 인권선언(윤솔영, 2016년 12월 16일)', '세월호 참사, 〈2주기〉가 아니다. 계속되고 있는 참사 3년째, 그 잔혹사를 기억하며(황필규, 2016년 4월 19일)', '대한민국의 민낯, 진도에 가 보셨나요(황필규, 2014년 5월 9일)'를 연달아 읽었다. 세월호 참사 진상규명을 위해선 결국 많은 민사 혹은 형사 재판 들이 진행되어야 한다. 이때 유가족과 피해자 편에 서는 변호사들이 반드시 필요하다. 이번 소설에서도 변호사를 등장시켜 세월호 참사를 둘러싼 여러 의문들에 대한 법률적 지식을 쉽게 풀 것.

《한겨레 신문》, 임인택 기자, 2016년 4월 22일 기사. 박원순 시장은 세월호 민간 잠수사들을 서울시 동부병원에서 끝까지 치료해 주겠다고 밝혔다. 중앙정부에서 책임지지 못한 일을 서울시에서 맡은 셈이다.

4월 23일

『포옹』 12장 두 번째 이야기, 마쳤다. 트라우마에 시달리는 민간 잠수사의 약혼녀. 결국 헤어진다. 맹골수도에서 돌아온 민간 잠수사는 계속 기이한 언행을 하고 자살 시도까지 한다. 약혼녀로선 버티기가 너무 힘든 상황인 것이다. 주인공 잠수사를 기혼으로 할 것인가 미혼으로 할 것인가 여전히 고민중이다. 기혼으로 하면 아이들까지 둬야 할 것 같은데 그럼 김관홍과 너무 비슷해진다. 트라우마 때문에 헤어졌다가 다시 만나는 연인이 현재로선 더 나아 보인다. 그런 설정만으로도 희망의 씨앗이 될 듯하다.

「찾고 있어요」 1장, 2장 퇴고. 3인칭 대신 1인칭으로 바꾸기로 했다. 많이 고친 부분은 글자색을 푸른색으로 둔다.

다음에서 만든 〈세월호 72시간의 기록〉을 꼼꼼히 봤다. 타임라인을 따라 영상, 사진, 카카오톡 등이 깔끔하게 잘 정리되어 있다.

4월 24일

아침에 「찾고 있어요」 퇴고.

오후부터 밤까지 인천 연안여객터미널을 답사했다. 안개가 자욱하게 끼기를 바랐지만, 그와 같은 행운은 오지 않았다. 「찾고 있어요」의 동선을 따라서, 먼저 연안여객터미널로 바로 가지 않고 도로 건너편을 둘러봤다. 도로와 맞붙은 곳에는 음식점이나 낚시용품점이 많았다. 한 블록 들어가니, 빌라들이 군데군데 섬처럼 있다. 사진 작가가 스튜디오로 쓸 만한 건물을 찾지만 쉽게 눈에 띄지 않았다. 전망이 좋은 빌라를 하나 골라 사진을 찍고는 거기서부터 돌아서서 연안여객터미널을 향해 걸었다. 골목의 폭을 대충 가늠하여 적어 뒀다. 여객터미널엔 늦은 오후라서 그런지 대기중인 승객이 적었다. 소설 속 화물기사들이 모여 잡담을 나눌 만한 의자들을 골라 사진을 찍었다. 배에 승선하기 위한 출구 앞까지 가서, 창밖으로 비친 배들을 쳐다봤다. 안개가 자욱한 저녁이라면, 대형 여객선이 눈에 잘 들어오지 않을 수도 있겠다. 여객터미널 건물을 나와서, 주차장을 한 바퀴 돌며 모양과 면적을 파악한 뒤, 페테르부르크 광장까지 걸었다. 바닷가 계단에 앉아서 잠시 쉬며 사진을 확인하고 공책 정리를 했다. 오늘 답사한 내용을「찾고 있어요」에도 넣고,『포옹』에도 녹여야겠다. 2014년 4월 15일, 안개 때문에 2시간 반이나 늦게 출항한 것에 불만을 가진 학생을 등장시키는 건 어떨까.

4월 25일

『포옹』 13장 대리운전의 날들, 끝까지 마쳤다.

첫 번째 이야기는 대리운전 기사로 일하는 민간 잠수사가 세월호 참사를 비난하는 손님을 태웠을 경우다. 관홍이의 경험담이 녹아 있다.

두 번째 이야기는 의경 출신 김종관의 목소리다. 그는 의경 출신이면서 대구 지하철 참사의 유가족이다. 참사 유가족이 의경이 되어 또 다른 참사 유가족을 막는 악순환을 그려 보고 싶었다. 대한민국에서 대형 참사가 계속 터지면 이런 비극이 생기지 말란 법도 없다. 더 끔찍한 미래만은 막아야 한다. 세월호 참사 진상규명을 제대로 못 하면, 세월호 참사 피해자가 의경이 되어 또 다른 참사의 피해자 앞에 설 수도 있다.

'포옹'이란 단어와 연결시켜 생각해 보자면, 세월호 참사를 다루는 장편에 대구 지하철 참사의 유가족을 등장시켜, 참사의 피해자들이 서로 연대할 가능성을 열어 두고 싶다.

4월 26일

『포옹』 14장 교실. 첫 번째 이야기를 중간까지 썼다.

민간 잠수사들이 가기 힘들어하는 곳들. 14장에선 그중에서 광화문 광장과 단원고 교실을 다루려 한다. 광화문 광장에 가기 힘든 이유는 그곳에 유가족이 있고 세월호 희생자 분향소가 있기 때문이다. 유가족을 만나면 미안한 마음부터 든다고 관홍이가 그랬다. 영정 사진과 마주 서면 미안함이 훨씬 커진다고도 했다.

4월 27일

『포옹』 14장 두 번째 이야기. 세월호 교실 지킴이 겸 연극배우 동진각의 목소리. 단원고 교실을 왜 지켜야 하는가를 스트레이트하게 담고 싶었다.

4월 28일

『포옹』 15장 Happy Birthday to You! 첫 번째 이야기를 중간까지 썼다.

강나래의 생일 모임에 참석한 민간 잠수사. 치유공간 '이웃'의 생일 모임을 그대로 옮겼다. 정혜신, 이명수 선생의 이야기도 되새겨 넣었다.

《오마이뉴스》, 윤현, 2016년 4월 27일 기사. 1989년 영국 셰필드의 힐즈버러 경기장에서 사고가 나 96명이 사망했다. 영국 워링턴 법원은 이 참사를 축구팬이 아닌 경찰의 잘못으로 결론을 내렸다. 27년 만에 진실이 밝혀진 것이다. 기사 중간의 소제목이 눈길을 끈다. '힐즈버러 참사와 세월호, 어떻게 다른가' 진상규명까지 27년이나 되는 긴 시간이 걸리지 않기를 바라지만, 시간에 쫓겨 제대로 진상을 파악하지 못하는 잘못을 범해선 안 된다. 광주항쟁이

민주화 운동으로 인정받기까지도 오랜 세월이 걸렸다. 길게 보고 하루하루 최선을 다할 것.

《파이낸셜뉴스》, 구자윤 기자, 2016년 4월 27일 기사. 국민 세금으로 세월호 보상금을 지급하는 것이 아니라 구상권을 행사하여 사고에 책임이 있는 기업에서 재원을 확보한다는 설명이다. 기사를 읽고 박주민 당선자 페이스북을 직접 찾아가서 확인했다. "이는 지난 2014년 5월 박근혜 대통령이 제안한 것으로, 세월호 참사 외에 성수대교 붕괴나 대구 지하철 참사 등 다른 대형 인명재난에도 정부가 선지급했다. 현재 국가는 청해진 해운을 상대로 구상권 청구소송을 제기했으며 청해진 해운이 들어 둔 보험이나 자산을 압류해 국가가 사용한 대부분의 재원을 받을 수 있는 상태이다." 국민들이 정확히 알지 못하는 중요한 지적이다. 세금 도둑이라는 정부·여당의 주장에 반박할 근거가 된다. 소설에 녹여 넣을 것.

4월 29일

『포옹』 15장 첫 번째 이야기 마쳤다. 나래 덕분에 목숨을 구한 생존 학생 윤솔의 고백.

4월 30일

강원도 삼척 교육문화관에서 강연했다. 제목은 '쓴다는 것은 읽는다는 것'이다. 강연을 마치고 잠시 삼척 바닷가를 산책했다. 어느새 4월의 마지막 날이다. 장편 『포옹』을 스토리라인에 따라 달리고 있지만, 아직 갈 길이 멀다. 문장은 50퍼센트도 올라오지 않았고, 구성에서 손볼 곳도 적지 않다. 일단 사나흘 몰입해서 끝까지 마치자. 그리고 지치지 말고 여러 번 고칠 것. 독자들을 데리고 침몰한 세월호 속으로 들어가야 한다. 그 안에 가둬야 한다.

삼척 바다 사진 한 장을 찍어 관홍이에게 보냈다. 동해 쪽에도 지인이 많다고 자랑하는 소리가 귀에 쟁쟁거렸다.

《국민일보》, 박요진 외 2인 기자, 2014년 4월 24

일 기사. 희생 학생 양온유 양 이야기. 안타깝고 먹먹했다. "온유는 사고 직후 갑판까지 올라왔다. 계속 갑판에 남아 있었다면 헬기로 구조될 수 있었다. 하지만 아래쪽 선실에서 터져 나오는 친구들 울음소리를 듣고 구명조끼도 입지 않은 채 다시 선실로 내려갔다."

《한겨레 신문》, 이진순의 열림, 2016년 4월 30일 기사, 박보나 씨 인터뷰를 읽었다. 희생 학생 박성호 군 누나 박보나 씨는 희생 학생 형제자매 중에서도 가장 열심히 활동해 왔다. 가족대책위의 언론모니터링팀에서 악성댓글들을 모두 읽고 분류하여 고소할 때 기본 자료로 삼았다는 대목에서 자꾸 눈이 뜨거워졌다. 동생이 희생된 것도 원통한 일인데, 그걸 비웃고 조롱하는 악성댓글을 매일 찾아 읽는 누나의 마음은 어땠을까. 악성댓글을 소설에 그대로 노출시킬 방법을 찾아야겠다. 인터뷰 말미에 어떻게 하는 것이 세월호 참사를 잘 기억하는 것이냐는 질문에 대한 보나 씨의 답. "이건 과적으로 인한 사고가 아니에요. 우리 사회의 적폐가 누적되어서 생긴 학살이에요. 이건 교통사고가 아니라 '사건'이라고 봅니다." 학살!

2016년
5월

5월 1일

미로슬라브 볼프, 『기억의 종말—잊히지 않는 상처와 포옹하다』(IVP)를 읽었다. 기억에 관한 책들을 두루 찾아 읽을 것.

네이버 캐스트에서 유경희 씨가 쓴 '눈물, 액체로 된 포옹'을 읽었다. 울음이 어떻게 공감을 이끌어내는가를 다양한 작품을 예로 들어 깊게 설명한다. 케테 콜비츠의 〈죽은 아이를 안고 있는 어머니〉 앞에서 오래 멈췄다. 막연하게 뭉뚱그린 슬픔이 아니라, 슬픔을 빛깔, 무늬, 무게, 의미 등으로 상세하게 나눠 논할 필요가 있다.

5월 2일

『포옹』 15장 첫 번째 이야기, 두 번째 이야기까지 마쳤다.

두 번째 이야기는 최선임 남창우 잠수사와의 대화로 짰다. 업무상과실치사 혐의로 재판을 받는 피고인의 괴로움과 세월호 민간 잠수사 최선임의 자부심을 함께 담았다.

5월 3일

『포옹』을 끝까지 다 썼다.

16장 마지막 포옹.

첫 번째 이야기는 광화문 시위에서 물대포를 맞는 민간 잠수사를 희생 학생 아빠가 포옹하여 보호하는 장면이다. 백남기 농민 사건을 염두에 뒀다. 민간 잠수사는 침몰한 세월호에서 희생 학생을 안아서 모시고 나오고, 그 희생 학생의 아빠는 광화문 시위 현장에서 민간 잠수사를 안아서 지킨다는 이야기. 두 겹의 포옹.

두 번째 이야기는 희생 학생의 목소리. 소설만이 담을 수 있는 부분이다. 현실감을 무너뜨린다고 해도, 나는 이 목소리를 꼭 넣고 싶다.

에필로그 동거차도의 여름.

동거차도에서 인양을 기다리며, 희생자들의 이름을 부르는 것으로 뒀다. 수정할 가능성이 크다.

세월호 1주기 동영상들을 유튜브에서 찾아보면서, 중요 장면들을 정리했다. 개인적으론 『목격자들』을 출간한 후 전국 강연을 돌고 서울로 돌아와서 맞이한 1주기였다. 『목격자들』에선 홍대용, 김진, 이명방 수사팀이 조운선 침몰의 원인도 밝히고 범인과 부패한 관원들도 잡아들였다. '기억의 마을'을 만들어 희생자를 기리고, 정조가 다시는 이와 같은 참사가 없도록 하겠다고 다짐까지 한다. 소설 안에선 진상규명을 마쳤는데, 소설 밖으로 나와 보니 참사가 나고 1년이 지났건만 전혀 진상규명이 되지 않았다. 소설의 안과 밖이 이렇듯 다르다면, 최선을 다해 소설을 쓰는 것이 무슨 의미가 있을까. 자괴감 때문에 더욱 괴로웠다. 그래도 『목격자들』이 있었기에, 팟캐스트 〈416의 목소리〉도 하게 되고, 『포옹』도 세월호 참사에 최대한 근접하여 쓸 수 있었다.

5월 4일

『포옹』 주인공 이름을 나용주에서 나경수로 바꿨다. '경수' 역시 튀는 이름이 아니다. 주인공 이름보다는 민간 잠수사 그 자체가 부각되었으면 싶다. 해경 잠수사도 아니고 해군 잠수사도 아니고 언딘 잠수사도 아닌, 민간 잠수사란 구분은 조직에 속하지 않고 스스로 참사 현장에 온 느낌이 든다. 정부나 회사가 아니라 개인의 양심에 따라 움직인 전문가들. 주인공 이름뿐만이 아니라 다른 등장인물의 이름들도 하나하나 고쳐야 한다.

곧바로 퇴고에 들어가지 말고, 처음부터 끝까지 이야기의 흐름을 따라 한번 훑어야겠다.

5월 5일

『포옹』 1~104면, 읽으며 정돈했다. 전반부에선 감정을 끌어올리지 않고 오히려 누르려 애썼다. 지루하다 싶을 정도로 자세하게, 미수습자 수색 및 희생자 수습이 이뤄지는 과정을 그렸다. 내가 독자들에게 기대하는 반응은, 민간 잠수사들이 이토록 고생하며 희생자들을 모시고 나왔는지 정말 몰랐다는 고백이다. 나는 보여만 주면 된다. 작가인 내가 감정을 이끌거나 드러내면 망친다.

5월 6일

『포옹』 105~150면, 읽으며 정돈했다. 각 장의 두 번째 이야기로 등장하는 세월호 관련자들의 목소리는 독자들이 예측할 수 없을 정도로 뜻밖의 인물이거나 그 목소리의 내용과 형식이 독특했으면 싶다. 가독성을 높이는 의외성. 틀에 갇힌 뻔한 목소리는 삭제하거나 교체할 것.

5월 7일

강화도에 가서 하루를 쉬었다. 바닷가에 앉았노라니, 진도 팽목항과 이어진 문장들이 떠올라 공책에 옮겨 적었다. 팽목항의 자원봉사자 중 몇몇을 『포옹』에 넣을 자리는 없을까. 민간 잠수사로 집중된 이야기를 산만하게 만들 수도 물론 있다. 하지만 팽목항과 바지선을 오간 유가족, 해경, 해군이 민간 잠수사와 만나는 것이니까, 그 속엔 자원봉사자들의 헌신도 포함되어야 한다. 고민할 것.

5월 8일

『포옹』 151~끝. 읽으며 정돈했다. 삭제할 부분, 보충할 부분, 교체할 부분을 정했다. 한 달은 계속 손을 봐야 한다. 민간 잠수사들이 세월호에 들어가서 희생자를 모시고 나오는 대목을 더 자세하고 정확하게 묘사할 것. 분량에 상관없이 10초 단위로 잘라서 담자. 특히 나경수가 세월호로 처음 들어가서 동호를 모시고 나오는 장면이 중요하다.

최선임 잠수사 이름을 남창우에서 류창대로 바꿨다. '창대'란 이름이 통솔력 넘치는 캐릭터에 어울린다. 고향집 벽에 붙어 있던 「욥기」 8장 7절 말씀에서 따온 것이기도 하다. '네 시작은 미약하였으나 네 나중은 심히 창대하리라.'

SBS, 류란 기자 외 1명, 2015년 4월 1일 보도. 민간 잠수사들에 대한 보상이 차일피일 미뤄지고 있으며, 이로 인해 잠수사들의 고통이 매우 크다는 내용이다. 관홍이도 류 기자와 인터뷰한 적이 있다. 그녀를 무척 칭찬했다. 세월호 참사 당시 상황을 시간 순서대로 정확히 파악하고 있다는 것이다. 세월호 참사와 민간 잠수사에 관한 류 기자의 의견을 들을 것.

5월 9일

『포옹』 퇴고 시작. 12장에서 약혼녀 박세희와의 인터뷰를 징글징글하게 고쳤다. “오빠가 나를 안으려고 하지 않았어요.” 결국 이 대사까지 넣었다. 관홍이도 세월호에 다녀온 뒤부터 가족과의 스킨십이 어렵다고 했다. 살과 살이 닿으면 자꾸 희생자를 모시고 나오던 순간이 떠오른다는 것이다. 세 아이와 몸으로 놀아 주는 아빠였는데, 이제 그 역할을 제대로 못 하겠다며 우울해했다.

5월 10일

『포옹』 2장과 15장을 퇴고했다.

15장에서 최선임 잠수사와의 인터뷰를 보류하고, 생일 모임을 이끈 윤청심 선생 인터뷰를 썼다. 세월호 피해자들을 심리적으로 치유하는 것이 얼마나 중요한가를 강조했다. 아직 뒷부분이 좀 남았다.

투쟁과 치유. 세월호 유가족에게 시급한 두 단어다. 투쟁하면서 치유하고, 치유하면서 투쟁하면 되지 않느냐고 하겠지만, 그 둘을 함께 하는 것이 쉽지 않다. 그렇다고 두 가지가 절대적으로 대립되진 않는다. 진상규명을 위해 투쟁해야 하고, 또 세월호 참사로 인한 상처들을 치유해야 하는 것이다. 치유 공간 '이웃'은 그중에서 치유를 중심에 두고 안산에서 활동하는 민간 단체다. 치유가 시급한 유가족이 언제나 가서 머물 수 있는 소중한 곳이다. 『포옹』에서도 투쟁과 치유를 균형 있게 담아내야 한다.

5월 11일

『포옹』 3장을 퇴고하고, 15장 윤청심 선생 인터뷰를 마무리했다. 쌍차의 '와락'에서부터 세월호의 '이웃'까지. 정혜신, 이명수 선생의 발걸음을 곰곰이 생각한 하루.

5월 12일

《한겨레 신문》, 박태우 기자, 2016년 4월 13일 기사. 30년 경력 황병주 민간 잠수사와의 인터뷰. 트라우마와 골괴사에 신장 질환이 심해져 일주일에 세 번 투석까지 받고 있다. 4월 20일에 참사 현장에 투입되었다고 하니 관홍이보다 사흘이 더 빠르다. 언딘 '리베로' 바지선으로 교체되기 전 '2003 금호' 바지선에서 체임버도 없는 상황에서 바다로 뛰어든 것이다. 민간 잠수사들이 자살 충동에 시달린다고 관홍이가 그랬는데, 인터뷰도 그 충동에서부터 시작한다. "아침에 눈만 뜨면 어떻게 죽을지만 생각했어요. 오늘 죽을까, 내일 죽을까, 집에서 죽을까, 산에서 죽을까." 김관홍, 황병주……. 이 잠수사들을 살려야 한다.

5월 13일

—고민할 지점들.

건진 숫자는 중요하지 않다. 남아 있는 숫자가 중요하다.

일베들의 폭식투쟁의 논리를 그대로 쓴다.

세월호 참사를 하나님의 뜻이라고 주장한 목사들이 내세우는 근거를 찾을 것.

대리운전하다가 세월호 참사를 비난하는 손님을 만나고, 차를 그대로 두고 나와서 밤길을 하염없이 걷는 나경수.

댓글들을 그대로 보여 주기. 내용은 물론이고 어투와 비속어까지 살린다.

나경수 잠수사는 분노하지 않는다. 자기 정당화도 하지 않는다.

나경수 잠수사의 개인적인 고통들을 적나라하게 쓴다. 몸과 마음을 더 처절하게 드러낸다.

뻔한 느낌이나 상징으로부터 벗어나야 한다.

5월 14일

밤길을 달려 새벽에 팽목항에 도착했다. 이번에도 운전은 관홍이 몫이다. 마포 김 사장에게 함께 가겠느냐고 며칠 전 권했는데, 흔쾌히 가겠다고 해서 동행하여 내려왔다. 팽목항과 동거차도를 보면, 나중에 『포옹』을 편집할 때 큰 도움이 될 것이다.

진도대교로 들어설 때의 일화 하나. 밤샘 운전이란 점을 감안하더라도 관홍이는 쉴 새 없이 이야기를 이어 갔다. 이야기감이 떠오르면 그걸로 최소한 30분 정도는 끌었다. 강사 생활을 오래해서 생긴 습관일까. 차근차근 설명하지 않고는 참지 못하는 성격이다. 교수로 10년을 보낸 내게도 비슷한 습성이 있다. 진도대교가 가까워지자, 관홍이가 갑자기 이순신 장군 이야기를 시작했다.

"울돌목이라고도 합니다. 물살이 빠르기로 우리나라에서 으뜸이죠. 12척의 배로 133척의 왜선을 박살 낸 대첩의 현장입니다. 제가 좀 말씀을 드려 보자면, 이순신 장군은 물길에 밝은 장졸들로 하여금 좁고 빠르고 물살의 흐름이 급격하게 바뀌는 곳을 찾으셨다고 합니다. 영화 〈명량〉이나 드라마 〈불멸의 이순신〉을 봐도 알 수 있듯이……."

거기서 관홍이는 이야기를 멈췄다. 내가 〈불멸의 이순신〉의 원작자란 것을, 이야기를 하다가 갑자기 깨달은 것이다. 백미러를 통해 내 얼굴을 슬쩍 살피는 녀석의 눈길이 느껴졌다.

"괜찮아. 계속해 봐."

"아닙니다, 형님! 이제 진도로 들어갑니다. 40분 정도만 더 가면 팽목항과 서망항에 닿을 겁니다."

예상보다 일찍 팽목항에 닿았다. 관홍이의 운전 실력 덕분이다. 동거차도로 가는 배 시간에 여유가 있어서 잠깐 눈을 붙이기로 했다. 자기 전에 몸이 쑤시지 않느냐며 관홍이가 물었다. 샤워장에 가서 더운 물로 몸을 씻으면 잠이 푹 들 거라고 했다. 둘이서만 샤워장으로 갔다. 내가 먼저 들어갔는데, 관홍이가 따라 들어오지 않았다. 살펴보니 수건도, 샴

푸나 비누도 없다. 잠시 후 관홍이가 수건 넉 장과 때밀이용 수건 두 장 그리고 샴푸와 비누를 챙겨 들어왔다. 이걸 다 어디서 구했느냐고 물었더니, 씨익 웃기만 했다.

"찾으라 얻을 것이오. 바지선에서도 처음엔 부족한 게 많았습니다. 하지만 구석구석 찾노라면 필요한 것들을 얻게 되더라고요. 자, 씻으시죠."

옷을 벗어 탈의함에 넣고 샤워장으로 들어섰다. 통통하면서도 단단한 관홍이의 벗은 몸을 처음 봤다. 더운 물이 머리와 몸에 닿자 저절로 신음 비슷한 소리가 흘러나왔다. 둘이 동시에 웃었다.

샴푸로 머리부터 감고 물로 씻는데, 관홍이의 비누칠한 손이 내 등에 닿았다. 슬쩍 몸을 돌렸더니, 녀석이 내 등에 비누를 가득 칠해 줬다. 때밀이용 수건에 비누를 묻혀서 해도 되는데 선수를 친 것이다. 관홍이가 비누칠을 하다 말고, 갑자기 내 왼쪽과 오른쪽 어깨를 엄지와 검지로 동시에 꾹 눌렀다. 손끝이 저리면서 통증과 시원한 느낌이 동시에 밀려들었다. 나는 어깨를 흔들며 녀석의 손을 피하려 했다. 그러자 관홍이가 더 힘껏 엄지와 검지에 힘을 실으면서 말했다.

"근육이 돌처럼 뭉쳤습니다. 이러다간 큰일 나십니다. 제가 간단한 동작 몇 가지 가르쳐 드릴 테니, 꾸준히 매일 하십시오. 아침과 저녁에 15분씩만 시간을 내면 다 풀릴 겁니다. 지금 여기 많이 아프시죠?"

『포옹』을 쓰느라 무리하는 바람에 또 어깨가 말썽이긴 했다. 『혁명–광활한 인간 정도전』(민음사)을 쓸 때는 반 년을 쉰 적도 있지만, 아직 그 정도는 아니었다. 관홍이가 짚는 부위마다 쩌릿쩌릿 아파 왔다. 숨어 있던 고통들이 한꺼번에 몰려나오는 기분이었다. 스포츠 마사지도 배웠다더니!

나도 관홍이가 해 준 것처럼 손에 비누를 묻혀 그의 등을 문질렀다. 비누를 칠하며 뒷목과 어깨와 등을 잡으니, 근육이 생각보다 훨씬 단단했다. 소싯적에 보디빌딩 선수였으며, 어려서 격투기에 입문했다는 말이 과장이 아닌 듯했다.

샤워를 마친 뒤 탈의실에서 옷을 다시 입고, 샤워장 바로 뒤편 바닷가로 둘이 잠시 걸었다. 몸이 한

결 개운했다. 이럴 땐 끊었던 담배도 그리운 법이다. 그런데 그도 나도 담배가 없었다. 새벽 바다를 우두커니 바라보고 섰다.

"어떻게 끝나요?"

관홍이가 물었다. 『포옹』의 마지막이 궁금한 것이다. 나는 즉답 대신 고개를 돌려 눈을 맞췄다.

"관홍이 넌 네 인생 마지막이 어떻게 끝날 것 같아?"

"그거야 아직 모르죠. 앞으로 40년은 더 살 건데요."

"그럼 나도 몰라."

"줄거리를 끝까지 여러 번 고쳐 쓴 뒤에 초고 집필을 하신다고 들었습니다."

"상상은 물론 해 두지. 하지만 정말 그렇게 마무리를 지을 것인지는 퇴고에 퇴고를 거듭해서 정말 마지막에 이르렀을 때, 그때 결정한다고."

"잠정적으로 그리고 있는 마지막은 뭔가요? 주인공인 잠수사는 어떻게 돼요?"

말머리를 돌렸다.

"쓰고 알려 줄게. 쓰기 전에 말하면 그게 작가의

발목을 잡는 수가 있어.”

“그런가요?”

“그래.”

잠시 눈을 붙였다가 깼다. 『416 단원고 약전』(굿플러스북)을 집필한 약전 작가단이 도착해서 반갑게 인사를 나눴다. 분향소에 『약전』을 올릴 때, 나는 옆에서서 사진을 찍었다. 〈416의 목소리〉를 할 때 늘 가까이 두고 읽던 책이다.

여객선을 타고 동거차도로 들어갔다. 관홍이에게 자꾸 전화가 걸려 왔다. 표정이 좋지 않았다.

동거차도에 내리자 관홍이의 걸음이 다시 경쾌해졌다. 앞장서서 바닷가와 골목을 지나 대문도 없는 집으로 들어섰다. 미역 양식 그물에 걸린 희생 학생을 건진 어부 최원종 씨 댁이라고 했다. 동거차도를 몇 차례 왔던 관홍이는 이미 최 씨와 친한 사이가 된 것이다. 최 씨는 동거차도에서 인양을 감시하는 유가족들을 위해 방과 화장실을 편하게 쓰도록 배려하고 있었다.

물과 음식과 도구 들을 각자 품에 안거나 백팩에 넣어 등에 졌다. 이번에도 압권은 관홍이였다. 어디선가 지게를 찾아가지고 나오더니, 생수를 얹고 그 위에 반찬과 옷까지 가득 올린 뒤에 익숙하게 지겟다리에 의지하여 일어섰다. 그리고 또 앞장서서 동거차도 감시 천막이 있는 고지를 향해 올라가기 시작했다. 인가가 끊기고 대숲까지 지나자 본격적인 오르막이었다. 관홍이는 거기서 우리를 먼저 올라가게 한 후 천천히 걸음을 내디뎠다. 올라오는 관홍이 모습을 몇 장 사진에 담았다. 지게 진 잠수사. 이것도 『포옹』에 넣을 수 있을까.

유가족 아빠 두 분이 환대해 주셨다. 둥근 천막 두 개와 직사각형 감시 천막 하나가 전부였다. 거기서 20미터쯤 떨어진 곳에 푸세식 화장실이 있었다. 처음엔 푸세식도 없어서 애를 먹었다고 한다. 감시 천막에서 내려다보니, 상하이 샐비지가 인양 작업 중인 곳이 한눈에 들어왔다. 가깝다는 소린 들었지만 이렇게 가까울 줄이야. 망망대해에서 배가 침몰한 것처럼, 방송에선 교묘하게 앵글을 잡았던 것이다.

최 씨 댁에서 저녁을 먹었다. 천막 주위를 산책하다가 돌아오니 관홍이가 없었다. 물건을 가지러 마을로 내려갔다고 하는데, 조금 있다가 전부 내려오란 전화가 왔다. 최 씨 댁에 들어서니 고기 굽는 냄

새가 났다. 관홍이가 벌써 자리를 잡고 앉아선 양손에 집게와 가위를 들고 고기를 능숙하게 굽고 있었다. 최 씨가 입도를 반기며 저녁식사를 준비한 것이다. 관홍이는 식사 시작부터 끝까지 계속 고기를 구웠다. 말도 빠르지만 손과 발이 더 빠른 녀석이다. 최 씨가 희생 학생을 발견한 날을 차분히 이야기했다. 고기를 굽던 관홍이가 손등으로 눈물을 훔치곤

2016년 동거차도 감시 천막

말머리를 돌리기라도 하듯, 최 씨에게 말했다.

"형님! 다음엔 잠수복과 장비 다 챙겨 가지고 와서 도와 드릴게요."

미리 주고받은 이야기가 있었던 것이다.

밤부터 바람이 엄청나게 불기 시작했다. 감시 천막이 우우웅 울 정도였다. 관홍이는 쉽게 잠들지 못하고 울먹거렸다. 잠시 눈을 붙였다가 밖으로 나왔다. 멀리 인양 작업중인 바지선의 불빛이 바다에 내린 별빛 같았다.

"형님!"

관홍이가 어느새 곁에 와서 섰다.

"두 손이 갑자기 잘려 버리면 형님은 어떻게 할 겁니까?"

다짜고짜 불쑥 들어오는 질문이다. 김관홍답다. 나도 밤바다를 쳐다보며 떠오르는 대로 답했다.

"두 발로 써야지. 두 발로 그림 그리는 사람도 있잖아?"

"두 발도 못 쓴다면요?"

"입으로 쓰지 뭐. 입에 펜을 물든 마우스를 물든."

"입도 못 쓰면요?"

"눈으로 쓰지. 눈동자의 움직임을 읽어 자판을 치는 시스템을 개발한 지는 꽤 됐어. 루게릭 병에 걸린 환자 중엔 눈동자로 의사표현을 하기도 해."

관홍이가 한숨을 길게 내쉬었다.

"형님은 어쨌든 쓰시겠단 말씀이네요. 소설을 정말 못 쓰게 된다면, 그땐 무얼 하실 건가요?"

"감옥에 갇혀 필기구를 모두 빼앗긴다고 해도, 머릿속으로 소설을 써 나갈 거야. 『감옥으로부터의 사색』이란 책을 보면, 신영복 선생님이 엽서를 단숨에 빽빽하게 쓸 수 있었던 비결이 나와. 필기구가 허락되지 않을 땐 오래 고민하며 퇴고까지 머릿속으로 완벽하게 한 다음, 손에 연필을 쥐게 되었을 때 단숨에 엽서 한 장을 가득 채우셨다고 해. 소설을 못 쓰게 되는 상황이란 내 뇌가 더 이상 상상과 기억을 멈출 때겠지. 그땐 사람 구실도 못할 테니, 그다음에 또다른 무엇인가를 하긴 힘들 거야."

그리고 관홍이를 다시 쳐다봤다. 내게 할 말이 있어서 많은 질문을 징검다리 삼아 다가왔을 것이다.

"산업 잠수사로 일하긴 어려워졌습니다. 먼 훗날

언젠간 잠수를 그만두겠지만, 그땐 제 스스로 결정을 하고 나오리라 여겼습니다. 적어도 10년 아니 몸을 잘 지키면 15년은 더 수심을 타며 일할 줄 알았죠. 하지만 앞으로 저는 잠수사가 아닙니다. 예전에 잠수사였지요. 잠수사로 살아갈 수도 없습니다. 잠수만 하며 살았는데, 앞으로 뭘 하는 게 최선일까요?"

나는 쉽게 답을 주지 못했다. 한 사람의 인생이 걸린 문제였다. 상황을 보며 조건을 따져 신중하게 길을 찾자는 정도로만 이야기했다. 관홍이의 말은 내게도 충격이었다. 나는 그를 용감하고 유능한 잠수사로 소설에 담는 중인데, 그는 더 이상 잠수사가 아니라고 한다.

차도에서 바라본 상하이 샐비지의 작업 현장

5월 15일

동거차도의 안개가 짙었다. 인양 지점이 보이지 않았다. 며칠 동안 계속 짙은 안개와 비가 내릴 거라고 한다. 절벽까지 내려가 보기로 했다. 인양 지점을 향해 뻗어 내린 능선의 끝에 절벽이 있었다. 먼저 다녀간 엄마들이 일일이 노란 리본에 희생 학생과 희생 교사, 그리고 일반인 희생자, 미수습자의 이름을 써서 매달아 뒀다. 그 리본을 따라가야 안전하다. 절벽에 이르자 바위에까지 희생 학생들의 이름이 선명했다. 2학년 1반 학생들이다. 이름을 하나하나 짚으며 묵상했다.

내일 출근해야 하는 일행도 있고, 인양 상황을 점검하기도 어려워 일단 팽목항으로 나가기로 결정했다. 관홍이가 아쉬워하는 내 팔꿈치를 잡고 말했다.

"곧 다시 와요. 한번 오기가 어렵지 두 번 세 번

오긴 한결 쉽답니다.”

감시 천막 앞에 돌을 모아 리본을 만들기로 했다. 천막 주변을 돌아다녀도 평평한 돌이 의외로 적었다. 관홍이가 어느 틈에 곡괭이를 구해 와서 땅을 파기 시작했다. 사람들 쪽으론 등을 보인 채, 힘껏 곡괭이질을 이어 갔다. 관홍이와 나 사이로 짙은 안개가 밀려들었다. 가까운 거리인데도 녀석의 몸짓이 부자연스럽고 으스스했다. 관홍이 덕분에 돌들은 충분히 마련되었다. 노란 페인트가 있으면 돌리본을 노랗게 완성하고 내려갈 텐데……. 그건 다음에 동거차도에 들어오는 분들을 위해 남겨뒀다. 돌리본을 완성하고 다들 짐을 챙기기 위해 천막으로 들어간 뒤에도, 관홍이는 돌들을 더하거나 빼며 리본 모양에 신경을 썼다.

여객선을 타고 동거차도에서 팽목항으로 나왔다. 근처에 오드리 햅번 가족의 제안으로 만든 ‘기억의 숲’이 있다 하여 갔다. 나무들이 열을 지어 서 있었고, 희생자들의 이름, 사진, 그림 등이 읽기 좋은 높이에 붙어 있었다. 정부에서 해야 할 일을 외국의 유명배우 가족이 한 셈이다. '기억의 숲'이 조성된다는 소식을 듣고 깜짝 놀랐던 기억이 새로웠다. 나는 2015년 2월에 출간한 역사추리소설 『목격자들』에서 희생자들을 위한 '기억의 마을'을 등장시켰다. 오드리 햅번 가족의 제안이 구체화되기 훨씬 전에 초고를 완성했기 때문에 영향받은 바는 전혀 없다. 참사의 희생자들을 기리기 위한 마음은, 만나서 의논하지 않더라도 비슷한가 보다.

굴포식당에서 졸복국으로 저녁을 먹었다. 국이 정말 진했다. 저녁을 마친 뒤, 진도대교가 내려다보이는 진도타워 카페에서 차를 마셨다. 팽목항으로 돌아와서 일찍 잠자리에 들었다.

5월 16일

새벽에 깼다. 누가 자꾸 내 이름을 부르는 것 같았다. 일어나 앉아서 창문을 보니 사람들 얼굴이 흔들렸다. 가슴이 덜컹 내려앉는 듯했다. 다시 눈을 비빈 후 쳐다보니, 미수습자들 사진이 담긴 플래카드였다.

아침을 먹고 팽목항을 출발했다. 관홍이가 진도대교를 넘기도 전에 이야기보따리를 풀었다. 그런데 이번 이야기감은 뜻밖에도 한국 호랑이다.

"형님! 한국 호랑이가 얼마나 용맹한 줄 모르시죠? 덩치도 호랑이들 중에서 제일 크답니다. 가끔 텔레비전에서 인도 북쪽에 사는 호랑이들이 등장하는데, 그놈들보다 두 배는 더 큰 게 한국 호랑이입니다. 한국 호랑이가 멸종했다고 알려져 있지만, 특별히 형님한테만 알려 드리는 건데요, 한국 호랑이는 아직 한반도에 살고 있습니다. 북한 땅 말고 남한 땅에도 있습니다. 제가 한창 스킨스쿠버를 배울 때, 일흔 살을 넘긴 팀의 최고령 의사 선생님이 계셨어요. 잠수뿐만이 아니라 사냥에도 일가견이 있으셨죠. 그 선생님이 년도까지 정확히 기억하세요. 유신헌법을 공표한 이듬해 1973년 3월 7일 설악산에서 호랑이와 정면으로 부딪히셨대요. 돌아서거나 물러나지도 못하고, 너무 무서워 그 자리에 딱 얼음처럼 서 계셨답니다. 그런데 호랑이가 선생님의 얼굴을 찬찬히 뜯어보다가 꼬리로 제 등을 탁 한 번 치곤 돌아서서 숲으로 사라지더란 겁니다. 한국 호랑이는 남한 땅에 살고 있습니다. 골골마다 있던 호랑이들이 모조리 다 죽을 순 없죠. 게다가……."

"관홍아!"

나는 거기서 말을 잘랐다. 계속 이야기를 하도록 뒀다간 호랑이가 인왕산에 살다가 삼청동을 넘나든다는 얘기까지 나올지도 몰랐다. 거기까지 이야기를 펼치기 전에 내가 쓴 장편소설을 밝혀야겠다는 생각이 들었다.

"『밀림무정』이라고 들어 봤어?"

관홍이가 두 눈을 동그랗게 뜨고 고개를 저었다.

"아뇨."

"내가 쓴 두 권짜리 장편소설이야."

"미안해요. 몰랐어요."

"미안하진 않아도 되고, 한국 호랑이가 그렇게 좋다면, 그 장편부터 읽어 보는 게 좋겠어. 『밀림무정』에서 바로 일제 강점기 한국 호랑이와 개마고원 포수가 목숨을 걸고 싸워. 한국 호랑이의 특징도 내가 조사해서 최대한 많이 담아 뒀고."

"언제 또 한국 호랑이 얘기까지 쓰셨습니까?"

내 눈치를 살핀 뒤 물었다.

"제가 드린 말씀 중 틀린 부분이 많습니까?"

"좀 있어."

"그렇군요. 아직 공부가 부족합니다."

"관홍아! 내가 한국범보전기금 홍보대사란 건 알아?"

"한국범보전기금, 그건 또 뭔가요?"

"한국 호랑이와 한국 표범을 보호하고 지키기 위해 만든 단체야. 오늘이라도 사이트에 들어가서 살펴보도록 해."

"알겠습니다. 형님 참 대단하세요."

"네가 더 대단해. 잠수사 중에 한국 호랑이를 가지고 이렇게 오래 이야기할 수 있는 사람은 너밖에 없을 거다."

고창 고인돌공원과 선운사를 둘러보고 서울로 왔다. 고인돌공원 입구에 무리지어 핀 나무쑥갓의 하얀 꽃들을 보며 관홍이가 말했다. 무척 진지했다.

"이 고인돌들을 만들었을 때도 여긴 이렇게 꽃이 피었을 것 같아요. 보세요, 잘 어울리잖아요. 저 꽃을 꺾어 돌 앞에 놓았을 수도 있고, 또 그냥 그대로 두고 쳐다봤을 수도 있어요. 꽃이 죽은 자 가까이 놓이는 이유가 뭘까요?"

깊은 밤, 스탠드를 켜고 관홍이와 택시에서 나눈 대화를 적어 둔 메모를 살펴봤다. 바지선을 설명하다가 내 공책에 개략적인 배치도를 그려 줬는데, 깔끔하다.

5월 17일

『포옹』 퇴고.

2장 리베로 바지선에 대한 설명 상세하게 넣음.

5장 완성.

6장 두 번째 이야기에서 목사 설교를 「욥기」와 연결하여 넣음.

11장 두 번째 이야기에서 송은택 변호사의 이야기를 일베 소인범(29세)과의 인터뷰로 교체하여 넣음. 세월호 유가족이 광화문 광장에서 단식투쟁할 때 그 앞에서 폭식투쟁한 자의 목소리. 폭식투쟁에 대한 그들 나름대로의 논리를 최대한 살려서 소설에 담음.

《노컷뉴스》, 이대희 기자, 2014년 4월 26일 기사. 언딘 바지선을 살펴본 후 썼다. 감압 체임버를 사진과 함께 소개하고 있다. "리베로호에는 심해 잠수

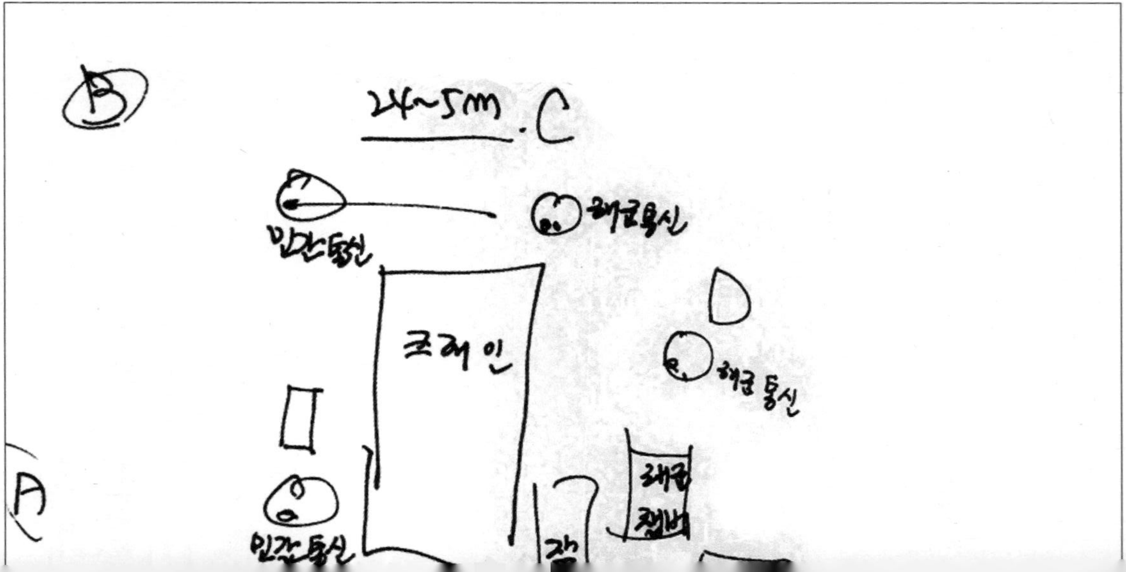

B
4~5m
C
민간 통신
해군통신
코레인
해군 통신
민간 통신
A
해군 장비

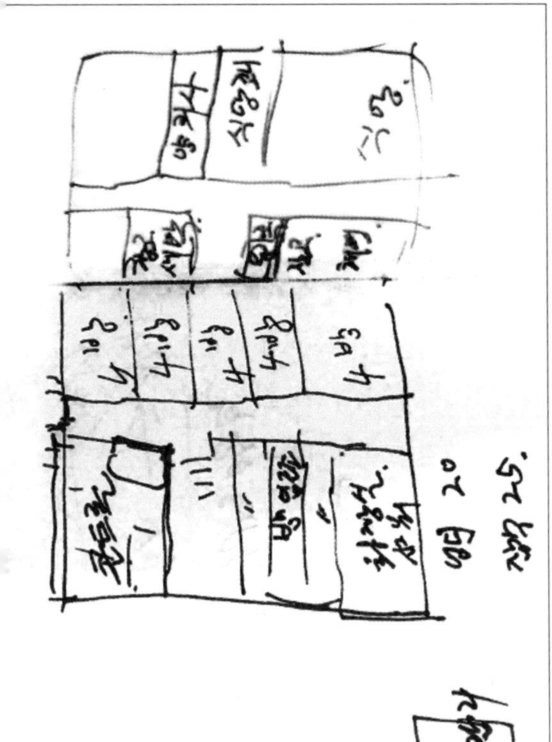

김관홍이 그려준 바지선 배치도

사들의 잠수병을 치료하는 감압 체임버 2개가 설치돼 있다. 깊은 바닷속은 수압이 높기 때문에 호흡으로 몸 속으로 들어간 질소 기체가 체외로 빠져나가지 못하고 혈액 속에 녹게 된다. 이 상태에서 빠르게 수면에 올라오면 체내에 녹아 있던 질소가 기포를 만들어 혈액 속을 돌아다니며 몸에 통증을 유발하게 된다. 이를 잠수병이라고 한다. 해경 관계자는 '잠수병 증세가 있는 잠수사를 체임버 안에 넣고 작업을 했던 수심과 같은 압력을 가하면 몸 안에 있는 질소 기체가 서서히 배출되면서 잠수병이 치료된다'고 설명했다."

《시사IN》, 천관율 기자, 2014년 9월 29일 기사. 폭식투쟁을 벌인 일베의 사고체계에 대한 분석이 치밀하다. 이 관점을 소설에 넣을 것.

"일베의 사고체계에서, 자신들의 혐오와 조롱은 소수자 혐오가 아니라 무임승차 혐오다. 사회 전체에 해를 끼치는 무임승차를 징벌한다는 '강력한 당위'를 공유한다. 이는 일베 이용자들이 사회의 지탄에도 아랑곳 않고 광화문 광장에 나설 수 있는 동력이 되었다.

구체적인 사례로 확인해 보자. 세월호 유가족은 일베가 공격하기 쉬운 대상이 아니다. 이들이 가족을 잃는 과정을 전 국민이 생중계로 지켜봤다. 어마어마한 감정 이입과 공감의 에너지가 있다. 하지만 일베는 세월호 유가족을 상대로도 전선 뒤집기를 시도한다.

그러려면 먼저 '특권', 즉 과도한 보상이라 딱지 붙일 거리가 필요하다. 유가족의 의사와 상관없이, 일베는 대학 특례입학과 보상금 문제를 집요하게 제기한다. 이제 공격할 과녁인 '특권'이 생겼다. 이 구도에서 유가족은 '교통사고를 가지고 대한민국의 발목을 잡는 무임승차자'가 된다.

비교 대상으로 일베는 천안함 유가족을 불러낸다. 이들이야말로 '자격이 있는 희생자'이면서도 세월호 유가족보다 훨씬 적은 보상을 받은 피해자다. 군인 보상체계와 민간인 보상체계가 다르다는 사실만 무시하면(보통은 이런 중요한 차이를 무시하면 안 된다) '세월호 유가족의 무임승차'와 '천안함 유가족의 희생'이라는 스토리가 완성된다."

5월 18일

『포옹』 퇴고.

7장, 8장, 9장 첫 번째 이야기 완성.

13장 대리운전하다가 욕먹고, 냄새 때문에 달아난다.

14장 두 번째 이야기. 치료비 지급 중단에 대한 공무원의 입장. 조목조목 법률 조항을 들이대며 중단 이유를 밝히는 식으로 고쳤다.

16장 두 번째 이야기. 잠수사 비난 댓글과 류창대 잠수사 인터뷰가 같이 들어간다. 댓글 형식을 그대로 써서, 당시의 참담한 분위기를 되살린다.

5월 19일

『포옹』 10장 퇴고.

잠수의학 전문의 윤철교의 주장을 부각시키는 방향으로 고쳤다. "구조에만 골든타임이 있는 것이 아니라 잠수병 치료에도 골든타임이 있습니다."

해양경비안전본부(해경) 보도자료, 2015년 12월 30일. 민간 잠수사 치료비 지원을 2015년 3월 28일까지 받았으나 '4·16세월호참사 피해구제 및 지원 등을 위한 특별법'(2015년 3월 29일 제정)이 시행되면서 피해자 지원 대상에서 누락되어 치료비 지원이 끊겼다. 그러다가 국민건강보험공단의 협조를 받아 2016년 1월부터 다시 치료비 지원을 재개하는 것이다. 즉 2015년 4월부터 12월까지 아홉 달 동안은 치료비 지원이 전혀 이뤄지지 않았고, 이 기간 동안 민간 잠수사들은 사비로 치료를 받을 수밖에 없었다. 이 기간의 치료비를 소급 지급하겠다고 했으나, 사비로 전환된 이후엔 돈 때문에 이미 치료를 스스로 중단한 사례도 많다.

《중부매일》, 김상호 기자, 2014년 4월 24일 기사. "승선자와 승선자 가족, 자원봉사자, 민간잠수부 등 구조활동 참여자의 신체적 · 정신적 치료를 포함한 부상치료의 실비 전액을 지원할 방침이다."

5월 20일

『포옹』 11장, 12장 퇴고.

냄새에 대한 집착. 침몰선 안에서 맡은 냄새의 기억을 살릴 것. "마지막으로 그 냄새가 코로 들어오려 할 때, 저는 숨을 멈추고 버텼습니다. 그 냄새의 위력을 이미 몸으로 느낀 겁니다. 제 코와 입과 폐로 들어가 요동칠 냄새를 견딜 자신이 없었습니다. 그러나 기껏해야 1분 만에 저는 숨을 몰아쉬었고, 그 틈으로 냄새가 점령군처럼 달려들었습니다."

마포 김 사장과 오후 2시부터 미팅을 가졌다. 제목을 『포옹』에서 『거짓말이다』로 바꾸자는 제안을 받았다. 『포옹』도 좋은 제목이긴 하지만, 둥글둥글한 느낌이 강하고, 자칫 연애소설로 오인받을 수도 있다는 것이다. 『거짓말이다』는 청와대와 해수부나 해경에서 하고 있는 세월호 참사 관련 주장이 모두 거짓말이라고 최대한 공세를 펴는 제목이다. 또한 '거짓말이다'는 내가 세월호 참사 유가족이나 잠수사들과 인터뷰를 했을 때 가장 많이 들은 대답이기도 하다. 언론에 보도된 내용을 질문하면 돌아오는 대답은 똑같았다. 전부 다 거짓말이라는 것이다. 영화사 NEW는 〈변호인〉을 제작했다고 세무 조사를 받았다. 북스피어도 어쩌면 『거짓말이다』를 내고 비슷한 곤경에 처할지도 모른다. 그럼에도 불구하고, 마포 김 사장은 최대한 세게 가 보자고 한다. 고마웠다. 제목을 『거짓말이다』로 바꾸기로 결정했다. 그리고 관홍이와 약속한 대로, 6월 말까지 탈고하고 7월 말에 출간하는 것으로 계획을 확정했다. 오늘을 잊지 말고, 제목을 바꿀 때의 마음으로 표지 디자인부터 편집까지 남은 일들을 해 나가면 될 것이다.

5월 21일

『거짓말이다』 13, 14, 15장 퇴고.

13장에서 야간 대리운전을 하는 이유를 보강했다. "밤에 집에 혼자 우두커니 있으면 이런 망상이 거의 매일 찾아옵니다. 제가 무슨 짓을 저지를지 저 자신도 모를 지경입니다. 죽고 싶단 생각밖에 안 듭니다. 밤을 꼬박 새우며 어떤 방식으로 죽을까 고민했던 적도 있습니다. 그래서 차라리 대리운전을 택한 겁니다."

14장에서 단원고 교실을 지켜야 하는 이유를 보강했다. 단원고에서 열린 '304 낭독회'를 위해 써서 읽었던 글이기도 하다. "아무리 뛰어난 비유나 상징을 동원한 추모 공간도, 생생한 교실에 미치지 못한다. 학생들을 존중하고 그 삶의 가치를 되새겨야 한다면 이 유일무이한 공간에서부터 시작하는 것이 옳다. 일찍이 존 버거는 인생에서 너무나 소중하지만 안타깝게도 먼저 죽은 이들과 재회하는 소설 『여기, 우리가 만나는 곳』을 발표한 적이 있다. 거기서 그가 가장 고민한 문제는 망자들을 어디에서 만나는가 하는 것이었다. 2014년 단원고 2학년인 열여덟 살 학생들과 만나 그들의 이야기에 귀 기울이고 싶다면, 누구나 이 기억의 교실로 오면 된다. 오늘처럼."

2014년 6월 18일 정의당 세월호 침몰사고 대책위원장 정진후 의원이 폭로한 문건을 검토하였다. 해경은 민간 잠수사들에게 서약서 서명을 요구했다. 이 서약서에 따르면, 잠수사는 영업 비밀을 유지해야 하고, 사고가 발생할 경우 본인이 모든 책임을 져야 한다. 민간 잠수사들의 입에 재갈을 물린 격이다.

'수상에서의 수색 · 구조 등에 관한 법률' 프린트하여 검토했다.

5월 22일

『거짓말이다』 16, 17장 에필로그 퇴고. 1차 퇴고를 끝마쳤다.

해경이 요구한 비밀유지 서약서를 소설에 반영하여 넣었다.

2장을 전라남도 거차도 어부들의 구수한 사투리로 바꿨다.

16장에서 잠수병이 심해 잠수를 더 이상 못 하고 입원 치료중인 최진태 잠수사의 상황을 증상에 따라 담았다.

2014년 4월 17일 오전 10시에 진수식을 열기로 한 언딘 리베로 진수식 초청장을 검토했다. 이 초청장에 따르자면, 진수식을 열기도 전에 언딘 리베로 바지선은 세월호 참사 현장에 투입된 셈이다.

《노컷뉴스》, 구용회 기자, 2014년 8월 29일. 해경이 언딘을 비호한 정황을 다뤘다. "검찰 관계자는 '해경의 구조, 구난 라인들이 언딘과 조직적으로 밀착관계를 갖고 독점적 이익을 주려한 정황이 확보됐다'며 '조직적'이라는 말을 강조했다. 해경이 언딘과 관계를 갖고 '집단적'으로 특혜를 주려 했다는 것이다."

5월 23일

『거짓말이다』 2차 퇴고 시작.

10장과 11장부터 고쳤다.

10장에서 트라우마에 걸린 민간 잠수사 부분을 보강했다. "몸이 멀쩡하면 뭣합니까. 마음이 산산조각으로 무너진 겁니다. 잠수사들이 선내에서 혼자 울거나 욕하거나 짜증을 냈다는 이야길 거의 대부분 했습니다. 울고 싶지 않는데도 눈물이 나고, 욕하고 싶지 않는데도 화가 나고, 사소하게 조금만 불편해도 짜증이 났단 겁니다. 잠수사들이 왜 그랬겠습니까? 무너진 마음을 스스로 다독이려는 발악입니다. 그때 벌써 마음을 심각하게 다친 겁니다."

5월 24일

『거짓말이다』 12장, 13장, 14장 퇴고.

12장에서 실종자 수색과 수습을 한 이유를 보강했다. “목숨이 끊겼으니 시신이 수중에 있더라도 상관없다는 유가족이 있을 수 있을까요. 주검을 거둬 장례를 치른 후에야 비로소 죽은 자는 죽은 자가 되는 겁니다.”

박주민 변호사 페이스북에서 유가족들의 배보상 금액에 대한 흑색선전의 내용을 찾아 읽었다. 핵심을 정확히 짚고 있다. 소설에 담아야겠다.

“22가지 루머와 함께 주로 세월호 참사에 대한 악의적인 선동으로 이용되는 것은 세월호 유가족들이 받게 되는 배보상 금액에 대한 아래와 같은 루머입니다.

그런데 이것 역시 명백한 흑색선전입니다.

결론적으로 말씀드리면, 이 배상금은 세월호 참사의 경우 다른 사고들에 비해 조금이라도 더 많이 지급되는 것이 아닙니다. 또 국민의 세금으로 지급되는 것도 아닙니다.

흑색선전들은 '국민의 혈세'로 부당하게 세월호 참사에 대해서만 '다른 사고들보다 훨씬 더 많은 억대의 배상금'을 지급한다고 사실을 왜곡합니다.

① 국민의 세금으로 돈을 주는 것이 아닙니다.

국가가 먼저 배보상금을 지급하고 추후 기업에 구상권을 행사하여 선지급한 돈을 받아내는 방식입니다.

이것은 세월호 참사가 발생한 직후인, 지난 2014년 5월 박근혜 대통령이 제안한 것입니다만, 세월호 참사 외에 성수대교 붕괴나 대구 지하철 참사 등 다른 대형 인명재난에도 정부가 선지급을 했습니다.

현재 국가는 청해진 해운을 상대로 구상권 청구 소송을 제기한 상태이며 청해진 해운이 들어 둔 보험이나 자산에 대해 압류해 놓아 국가가 사용한 대부분의 재원을 청해진 해운으로부터 받을 수 있는 상태입니다.

② 다른 사고 등에 비하여 더 많은 돈을 받는 것이 아닙니다.

세월호 참사 피해자 가족 분들에게 지급될 배상의 수준은 4억2천만 원으로 고양 터미널 화재 사건, 대구 지하철 등 다른 대형 참사와 비교할 것도 없이 일반 교통사고 수준입니다.

호프만 방식이라는 일반적인 손해배상 법리와 판례에 따른 기준으로 배상금이 책정된 것이며, 결코 다른 참사, 사고들과 비교하여 많이 받는 것이 아닙니다.

참고로 희생된 단원고 학생들의 경우에는 아이들이 가졌던 꿈과는 전혀 다르게 도시 일용직 노동자를 기준으로 계산된 금액이 책정되었습니다. 이것은 최저 수준입니다.

나머지 금액은 희생자 본인이 가입한 여행자 보험금과 참사로 가슴 아파하던 국민들이 모아 주신 국민 성금이기에 국가가 대신 지급하는 것도 아닙니다. 그런데 교묘하게 보험금과 국민 성금을 더하고, 다른 사례들에서는 그러한 성금 등은 포함하지 않은 금액을 내세워 서로 비교하며 마치 세월호 피해자 가족 분들이 특별히 많이 받는 것처럼 보이게 합니다.

이런 악의적인 거짓말 때문에 세월호 유가족 분들에게 가족들과 함께 연대를 하던 분들 중에도 '국가로부터 큰돈을 받았느냐'며 가족들에게 화를 내시는 경우가 있다고 합니다.

마음 아픈 일입니다.

교통사고와 같은 수준의 배상금이 책정이 되었고, 그나마 받으면 '진상규명을 안 해 줄까 봐' 국가에 소송을 제기한 분들도 많이 계십니다. 배상금을 받았다고 하더라도 그것은 그분들의 당연한 권리이며 최소한의 권리입니다. 도대체 왜 그 돈을 받으면 진상규명이 안될 것 같다는 두려움을 가지셔야만 하는지 정말 안타깝습니다.

더 이상 국민들이 덧없이 목숨을 잃는 이러한 참사가 일어나지 않아야 합니다.

그러기 위해서 저는 이 정도 배상하는 것으로는 부족하다고 생각합니다.

기업이 비용 절감 이윤을 위하여 소비자 국민의 안전은 부차적인 것으로 여기고 국민들의 생명과 안전을 비용으로 환산하여 저울질합니다. 그리고 기업이 안전기준을 준수하는지 관리 감독하여야 할 국가가 이를 소홀히 합니다. 그런데도 그저 저렇게 최소한의 돈만을 지급하게 된다면 결국 국민의 '목숨 값'보다 큰 이윤 앞에서 이윤을 추구할 유인이 될 것입니다.

국민의 생명과 안전을 위험에 빠지게 하는 경우 그 누구라도 그에 상응하는 책임을 져야 합니다. 기업이 이윤추구만을 위해 국민을 위험에 빠뜨린다면 그 이윤을 빼앗는 것만으로는 부족하다고 생각합니다. 중대 재해 기업을 처벌해야 하고, 징벌적인 손해배상을 하여 이윤 때문에 안전을 위협하는 행동을 할 유인을 완전히 제거해야 할 것입니다.

여러분도 힘을 보태 주십시오.

저도 힘껏 싸우겠습니다.

아울러, 가습기 살균제 피해자 분들과 그 가족 분들을 포함하여 국가가 제대로 국민의 안전을 챙기지 않고 기업의 이익만을 돌봐 생긴 많은 피해자와 그 가족들께 위로의 말씀을 전합니다."

지금 내게 필요한 자료들을 정리했다.

• 2014년 4월 16일부터 11월 11일까지 일별 세월호 사망자(수습자) 수.

—특히 4월 22일 자정까지 사망자 수(121명)와 4월 23일 오전 11시 사망자 수(150명) 확인. 이 시간 동안 사망자가 29명 더 늘어난 것 맞는지.

• 2014년 4월 23일부터 5월 6일까지 일별 잠수사들(해군, 민간)의 잠수 횟수와 세월호에 진입하여 수색한 장소.

• 세월호에서 각 격실별로 수습자가 몇 명씩 나왔는지 정리한 표.

• 2014년 광화문 단식투쟁을 결정한 회의부터 단식투쟁의 경과를 정리한 자료.

—특히 일베의 폭식투쟁에 대한 유가족들의 공식 입장.

• 2014년 12월 31일로 세월호 가족 등의 치료비 지원을 중단하기로 했다가, 2015년 3월 28일까지 연장하기로 한 결정은 언제, 어떤 회의에서 이뤄졌는가?

• 유가족들이 바지선에 올라갈 때의 절차, 바지선에 머물며 경험한 것들.

5월 25일

『거짓말이다』 15, 16장 퇴고. 1075매.

최진태의 딸 최숙희는 2014년 고2, 2015년 고3이다.

16장에서 배상금은 국민의 세금에서 내는 것이 아니라는 설명을 송 변호사와의 대화로 보강했다. 구상권 행사.

"배상금은 국민이 낸 세금으로 지급되는 게 아냐. 국가가 먼저 배상금을 유가족에게 지급하고, 사고에 책임이 있는 기업에 구상권을 행사해서 이미 지급된 돈을 받아내는 거니까. 구상권이란 '타인이 부담하여야 할 것을 자기의 출재出財로써 변제하여 타인에게 재산상의 이익을 부여한 경우 그 타인에게 상환을 청구할 수 있는 권리'야. 이 방식은 유가족이 아니라 정부에서 먼저 제안했고, 성수대교 붕괴나 대구 지하철 참사 등 대형 재난 때도 같은 방법을 썼어. 정부는 해운 회사에 구상권 청구 소송을 제기해 뒀고, 회사가 들어 둔 보험이나 자산을 압류해 둔 상태야. 여기까지 이해하겠어?"

"국가에서 먼저 배상금을 유가족에게 지급하고, 그 돈을 사고를 낸 해운 회사에게 받는다는 거지? 그렇게 하면 세금이 들어갈 일은 없는 것이고?"

"맞아."

관홍이네 야생화 가게를 다녀왔다. 동거차도에 다녀올 때부터 잠수 장비나 잠수복에 관해 궁금한 것이 있으면 연락하라고 했다. 연락했더니 집으로 오라고 한다. 비닐하우스들이 길게 늘어서 있다. 관홍이네 가게 앞에 잠수 장비들이 벌써 나와 있다. 생명줄도 있고 로프도 있고 전화기도 있고 공기통도 있다. 심해 잠수용 잠수복을 꺼내 왔다. 관홍이 얼굴에 웃음기가 전혀 없다. 진지하다.

관홍이가 잠수복을 입기 시작했다. 관홍이와 함께 은평에서 박주민 후보를 도왔던, 그래서 '은평 자봉 식구'라고 부르는 김성민 씨가 옆에서 관홍이를 거들었다. 혼자서는 잠수복을 입기가 어렵다. 성민 씨가 등뒤로 돌아가서 횡으로 된 지퍼를 끝까지 닫아 줬다. 관홍이가 나를 보며 양팔을 좌우로 나란히 들었다.

"풀페이스 마스크도 써 봐."

나는 이왕 온 김에 잠수복과 잠수 장비 일체를 사진에 담고 동영상으로 찍어 갈 작정이다. 관홍이가 마스크를 꺼내 들곤 말했다.

"생명줄과 연결해야 합니다. 여기서 이걸 쓰면 숨이 막힙니다."

그래도 싫은 표정을 짓지 않고 풀페이스 마스크를 능숙하게 썼다. 물이 새어들지 않도록 마스크의 둥근 변두리를 꼼꼼하게 저몄다. 숨이 막혀 답답할 텐데도 촬영을 마칠 때까지 관홍이는 마스크를 벗지 않고 기다렸다. 내가 핸드폰을 내리자, 그는 마스크를 벗고 숨을 몰아쉬었다.

가게로 들어가서 잠시 환담을 나눴다. 관홍이의 두 딸 라은, 다은과 막내아들 효, 그리고 그가 세상에서 가장 사랑한다고 자랑하던 아내 혜연 씨와 인사를 나눴다. 비닐하우스는 생각보다 넓고 야생화가 가득 차 있기 때문인지 평온했다. 가져온 책 두 권을 꺼냈다. 『밀림무정』. 제목을 확인한 관홍이 얼굴이 밝아졌다. 책에 사인을 했다.

—바다호랑이 김관홍 님께.

책을 받아든 관홍이가 싱글벙글 웃었다. 그렇게 좋으면, 바다호랑이란 별명을 가지라고 했더니 더 신이 나서 물었다.

"그래도 돼요?"

지금 쓰는 '바다 거북이 김관홍' 명함이 떨어지면 '바다호랑이 김관홍'이란 명함을 새로 찍겠다고 했다.

자리를 옮겨 근처 카페에서 차를 간단히 마셨다. 관홍이는 잠수사 일을 접고 앞으로 할 일에 대한 고민을 더 구체화한 듯하다. 국민수상안전과 관련된 모임을 만들 계획이라고 했다. 사무실도 내고, 교육 프로그램도 마련하고, 함께 일할 사람들도 꾸리겠다는 것이다. 서두르지 말고 차근차근 해 나가라고 충고 아닌 충고를 했다. 관홍이가 몇 가지 어려움을 털어놓았다. 큰 힘이 되긴 어렵겠지만 『거짓말이다』 집필만 마치면 나도 도와야겠다. 헤어질 때 내가 말했다.

"3주쯤 골방에 박혀 퇴고할 거야. 이 고비만 넘기면 약속을 지킬 수 있겠어."

"와, 그럼 7월 말에 정말 소설이 나와요?"

"응. 그러니까 국민수상안전 모임 준비나 착실히 하고 있어. 3주 후에 술 찐하게 먹자. 7월 말에 책 나오면 또 같이 강연 잡아서 다니고."

"알겠습니다, 형님! 얌전히 기다릴게요. 도움 필요하시면 언제든 전화 주십시오."

5월 26일

『거짓말이다』 17장과 에필로그 퇴고.

17장 두 번째 이야기 희생 학생의 목소리를 완전히 새로 썼다.

희생 학생 이름을 윤동호에서 윤종후로 바꿨다.

〈동거차도의 여름〉이란 곡을 만든 이유를 보강했다. "첫 곡은 잠수사 님을 위해 제가 만든 자작곡이에요. 맹골수도에 침몰한 어둡고 찬 선실에서 들려온, 봄부터 시작하여 여름까지 몰아친 소리들을 담았답니다. 물소리는 물론이고, 가까운 동거차도에서 들려오는 새 소리와 바람 소리도 섞었습니다."

5월 27일

어깨 통증이 심해졌다.

진해로 내려가서 '진해바다 70리길' 3구간인 합포승전길을 걸었다.

안산에서 팽목항까지 유가족들이 도보행진을 할 때, 민간 잠수사 나경수도 몰래 합류하는 건 어떨까. 이왕이면 바다가 바라다보이는 목포나 진도 부근이면 더 좋겠다. 민간 잠수사란 사실을 감추고 시민들과 함께 걷는 나경수.

5월 28일

민간 잠수사 나경수의 취미 생활을 한 대목 정도 넣을 것. 야생화 종류와 효능에 관해 책이나 영상을 열심히 보고 공부하는 나경수. 북한산에 가서 야생화를 찾아다니는 나경수. 뜻밖의 상황에서 꽃이나 풀의 이름과 내력을 전문가 빰치게 설명한다면, 주인공이 더 풍부해지겠다.

5월 29일

창원 중앙역에서 서울로 가는 20시 39분 KTX를 탔다. 기찻간에서 『전라도말 산책』을 완독했다. 『거짓말이다』에서 전라도 사투리를 다시 손봐야 한다.

《노컷뉴스》, 특별취재팀, 2014년 5월 26일 기사. 참사 당일 해경은 해경 이외 다른 구조팀의 현장 접근을 통제했다. 구조 가능 시각에 현장에 도착한 해경 123정은 침몰하는 세월호 선내로 진입하지 않았고, 퇴선명령도 내리지 않았다.

《민중의 소리》, 남소연 기자, 2016년 5월 29일 기사. 해수부가 단독으로 선체 정리 용역 입찰 공고를 냈다. 세월호 특조위 권영빈 진상규명 소위원장의 의견이 기사 말미에 담겼다.

"권영빈 소위원장은 '지난해 국회가 선체 조사 예

산 40억 원을 배정할 당시, 특조위와 협의해서 쓰는 조건으로 본회의에 의결했다'면서 '그런데 해양수산부는 특조위와 협의 없이 입찰 공고를 냈고, 업체를 선정한 다음에 형식적인 의견만 수용하겠다고 한다'고 비판했다.

권영빈 소위원장은 '해양수산부가 미수습자와 선체 조사에 대한 계획을 토대로 업체를 선정해야 하는데, 해수부는 입찰 업체가 그런 방향을 내놓으라는 조건으로 입찰하고 있다'면서 '그래서 특조위가 이미 재입찰하라는 공문도 보낸 상태'라고 말했다."

5월 30일

『거짓말이다』 1장, 2장 퇴고했다.

2장 두 번째 이야기에서 전라도 사투리를 손질했다.

《한겨레 신문》, 김소연 기자 외 2인, 2016년 5월 일 기사. 세월호 인양이 8월로 늦춰질 것이라고 한다. 뱃머리 들기 공정이 연기되면서 인양 시기도 밀린 것이다.

"선수 들기는 세월호를 절단 없이 통째로 들어올리기 위한 핵심 공정이다. 세월호 하부에 받침대 구실을 하는 리프팅 빔Lifting Beam을 설치하려면 뱃머리를 약 5도(높이 10미터) 들어 올려야 한다. 이 과정에서 8300톤에 달하는 세월호의 무게를 줄이는 작업이 필요하다. 자칫 무게를 견디지 못하고 뱃머리가 부서질 수도 있기 때문이다. 인양 작업을 하고 있는 중국 업체 상하이 샐비지는 세월호 내부 탱크에 공기를 넣고, 외부에 에어백 등을 설치해 부력을 확보하는 방법으로 선체 무게를 3300톤까지 줄일 예정이다.

선수 들기가 연기되면서 전체 인양 일정이 잇달아 지연될 것으로 보인다. 해수부는 세월호 인양 시점을 7월 말로 예상했는데, 8월께나 가능할 것으로 예상된다."

8월엔 세월호가 인양될 수 있을까. 매번 말을 바꾸는 해수부를 믿기 힘들다. 가을로 인양이 넘어가면 특조위 활동 마감 시기와 겹친다. 특조위가 세월호 선체를 조사하는 것을 막기 위해 일부러 인양 시기를 늦추는 것이라면? 악마는 꼼꼼하다.

5월 31일

『거짓말이다』 3장, 4장 퇴고.

3장에서 잠수 장비와 잠수복 착용 과정을 구체적으로 정돈했다. “저는 두툼한 내피를 챙겨 입은 뒤 드라이 슈트Dry Suits 건식 잠수복를 꺼내 천천히 두 다리부터 넣었습니다. 일체형 부츠에 발등이 조이듯 들어갔습니다. 두 팔까지 슈트에 끼운 뒤 박 잠수사가 등쪽 드라이지퍼를 끝까지 채웠습니다. 후드를 머리에 쓴 다음 등과 허리에 15킬로그램 정도의 웨이트를 나눠 찼습니다. 양발에 물갈퀴 신는 것까지 박 잠수사가 도왔습니다. 풀페이스 마스크를 쓰고 헤드랜턴을 부착했습니다. 공기 공급 호스와 통화용 전선이 들어간 일체형 생명줄Umbilical을 마스크에 연결하면 입수 준비가 끝나는 겁니다.” 관홍이에게 최종 확인할 것.

4장에서 나경수가 윤종후를 구할 때, 그 방에서

어깨동무를 하고 서로 엉킨 남학생을 세 명 더 발견하는 것으로 보강했다.

JTBC 뉴스룸에서 해경이 민간 잠수사에게 요구한 '비밀 서약서'의 내용과 부당성이 보도되었다.

2016년
6월

6월 1일

『거짓말이다』 5장, 6장 퇴고.

416가족협의회 진상규명/인양TF 자료실에 가서 잠수사 관련 자료들을 받았다. 언제 어디로 누가 잠수하여 수색과 수습 활동을 했는지, 소설에 더 자세히 반영할 수 있겠다. 고마운 일이다.

고려대학교 안산병원 장례식장을 답사했다. 희생 학생 장례식이 이곳에서 많이 열렸다. 이 병원 입원실에는 생존 학생들도 있었다. 생존 학생이 입원실에서 몰래 내려와 장례식에 참석하는 동선을 확인했다. 장례식에 참석하고 다시 입원실로 돌아가는 생존 학생의 마음은 또 얼마나 아팠을까. 세월호 참사로 나뉜 삶과 죽음이 병원에서 다시 한 번 재현되는 셈이다.

6월 2일

『거짓말이다』 7장 퇴고.

은철현 기자의 동선을 확인하며 필요 없는 디테일은 지웠다.

6월 3일

『거짓말이다』 8장, 9장 퇴고. 2차 퇴고 마쳤다.

8장에서 사고 상황과 사고 후 잠수사들의 비통함을 보강했다.

이제 에피소드를 바꾸거나 장면을 조정하는 일은 없을 것이다. 3차 퇴고에선 문장의 완성도를 최대한 끌어올릴 것.

6월 4일

『거짓말이다』 3차 퇴고 시작했다.

밤 10시 5분에 관홍이에게서 문자가 왔다. '주무세요?' 가끔 이렇게 문자를 띄우는 녀석이라 나도 가볍게 받았다. '이제 시작인데. 벌써 자다니.' 관홍이가 묻는다. '주말에 일하세요?' 나의 답. '작가가 주말이 어딨어?' 그런데 그냥 말을 거는 게 아니라는 느낌이 순간 들었다. '뭐해?' 관홍이가 기다렸다는 듯이 답했다. '목동에 있어요. 현대백화점 앞이에요.' 작업실 가까이 온 것이다. 그래도 나는 곧바로 녀석을 반기진 않고 한 번 더 튕긴다. '일이 있어 온 거야?' 관홍이의 답. '그냥 생각중입니다.' 하필 목동 현대백화점 앞에서 그냥 생각할 게 무엇이란 말인가. 나는 관홍이에게 전화를 걸었고, 내가 종종 가는 이자카야 '민식이네'에서 만났다.

만나자마자 관홍이가 변명 아닌 변명을 했다. 대리 운전 손님을 목동까지 모시고 왔으며, 차에서 내린 뒤 내 생각이 났다는 것이다. 오늘은 대리운전을 더 하지 않고 나랑 마시고 싶단 소리구나, 이렇게 받아들였다. 그래도 먼저 이 말은 해 뒀다.

"며칠만 참지그래. 3주면 퇴고가 끝난다고 그랬잖아?"

관홍이가 슬픈 눈으로 물었다.

"방해한 겁니까, 제가? 돌아갈까요?"

"아냐. 여기까지 왔는데. 오늘은 맘껏 마셔. 그렇지만 오늘 하루다. 알겠지?"

"예. 형님."

관홍이는 국민수상안전 모임에 관해 길게 설명했다. 아무래도 이 모임에 관해 의논하고 싶어 나를 찾아온 듯했다. 약간 불길했다. 일이 잘 돌아가면 이야기할 것이 적고, 일이 잘 돌아가지 않으면 이것저것 할 말이 늘어나는 법이다. 5월 25일에 봤으니, 이제 겨우 열흘이 지났다. 생각했던 것만큼 사람들의 호응이 크지 않다고 했다. 아직은 시기상조라고 입장을 밝힌 이도 있다는 것이다. 지금은 세월호 진상규명과 인양 촉구에 집중할 때이고, 국민수상안전은 그 일들을 이룬 후에 진행해도 늦지 않다는 충고를 들었다고 했다. 관홍이는 이 모임을 늦출 수 없다고 힘주어 강조했다. 오늘이라도 해양사고가 일어날 수 있으며, 그때 제대로 대처하기 위한 교육이 전무하다는 것이다. 혼자서라도 이 일을 추진하겠다고도 했다. 나는 너무 서두르진 말라고, 이런 교육을 위해선 돈과 인력이 모두 갖춰져야 하니까, 네 뜻에 공감하는 이들을 우선 두루 만나도록 하라는 의견을 냈다.

빠르게 취해 갔다. 내일 오전 작업을 위해 술을 줄여야 했지만, 녀석의 슬픈 눈을 보니 대작하지 않을 수 없었다. 관홍이는 생선 안주를 계속 시켰고, 그 생선들이 신선하지 않다고 불만을 이야기했다. 수중에서 자신이 잡은 정말 맛있는 생선을 꼭 술안주로 내오겠다며, 8월엔 제주에 같이 가자고 했다. 나는 좋다고 했다. 『거짓말이다』만 끝내면, 제주든 어디든 갈 수 있으리라. 관홍이와 함께라면 안주 없이 마시더라도 즐거울 것이다.

관홍이가 계속 내 잔에 술을 채웠다. 그렇게 자정

이 넘어갈 즈음 관홍이가 『거짓말이다』의 결말을 이야기해 달라고 했다.

"형님, 자세히 말씀 안 하셔도 됩니다. 대충 살짝만 알려 주세요."

"안돼."

단칼에 잘랐다. 여기서 이야기를 하면 그 부분을 더 이상 고치기 어려워진다. 아직 퇴고중이므로, 가능성을 작가 스스로 없애면 안 되는 것이다. 관홍이는 다른 이야기를 한참 하며 내게 술을 먹였다. 그리고 또 청했다.

"정말 안 됩니까? 저만 알고 있을게요. 말씀해 주세요."

새벽 3시 즈음, 소설의 마지막을 들려줬다. 배가 인양되기 직전에 동거차도에 소설 속 등장인물들이 다 같이 가서, 희생자들의 이름을 한 명 한 명 부르며 끝내려 한다고. 관홍이는 잔을 두 번 채워 단숨에 들이켜면서 잠시 눈을 감았다. 그러더니 갑자기 나를 끌어안으려 했다. 가벼운 포옹이었다.

"형님! 역시 그게 최선이겠어요. 좋네요. 마음에 딱 듭니다. 인양 소식이 들리면 다시 동거차도에 가서 우리 그렇게 소설처럼 해요."

녀석이 마음에 든다니 나도 좋았다. 관홍이가 덧붙였다.

"그럼 다음 소설은 배가 올라온 후부터 시작하실 겁니까?"

『거짓말이다』도 마치지 못했는데, 녀석의 상상은 다음 작품으로 향하고 있는 것이다. 내가 술잔만 비우자 관홍이가 스스로 답했다.

"배가 올라오면 아마도 목포로 옮겨 거치하겠지요. 그때 같이 내려 가요. 저를 비롯한 잠수사들이 어디로 어떻게 들어가서 희생자들을 모시고 나왔는지, 실물을 눈앞에 두고 설명해 드리겠습니다."

"그래, 같이 가자."

인양에서부터 새 소설을 쓰는 건 나중 문제이고, 관홍이와 함께 가서 인양된 세월호를 보고 싶긴 했다.

헤어질 즈음, 관홍이가 물었다.

"왜 자꾸 얼굴을 찡그리세요?"

"두통. 퇴고할 땐 늘 이래."

관홍이가 자기가 쓰고 왔던 모자를 벗어 내게 씌

워 줬다.

“형님, 마법의 모자입니다. 이걸 쓰면 두통이 싹 사라질 겁니다.”

6월 5일

『거짓말이다』 퇴고.

숙취 때문에 오전 내내 고생했다. 관홍이가 준 모자를 썼지만 전혀 효과가 없다. 어제 관홍이가 확인해 준 부분들.

—하잠줄 잡고 내려온 뒤 하잠줄과 공기 주입 호스가 얽혔는지부터 확인한다. 얽혔다면 반대 방향으로 돌아서 푼다. 잠수 후에 가장 먼저 하는 일이다.

—가로로 된 안내줄은 선체에 밀착된 것들이다.

—체임버에 들어가서 산소호흡기를 끼고 숨을 들이마시려는데 숨을 쉴 수 없었다. 체임버 창 너머 체임버 운용사가 보였지만 시선을 맞출 수 없었다. 쓰러졌다. 암바사같이 뿌우연 느낌. 사찰 초입의 사천왕상을 보았다.

《문화일보》, 김다영 기자, 2014년 7월 15일 기사. 민감 잠수사 이상진 씨 인터뷰. 가장 빨리 참사 현장에 도착하여 세월호에 들어갔던 잠수사이다. 꼭 만나 보고 싶다. "그는 '처음에는 투입된 민간 잠수사가 7명 정도에 그치다 보니, 몸이 많이 힘들었다'며 '하루에 세 번 잠수하고 탈진상태에서 함정으로 실려 갔는데, 일주일 동안 잠수하지 말라는 진단을 받았다'고 당시를 회상했다. 이 씨는 '하지만 우리가 마지막 희망이라는 가족들의 간절한 부탁과 시신을 찾은 뒤 눈물로 감사하다고 말하는 실종자 가족들을 보며 작업을 멈출 수 없었다'고 말했다."

JTBC '이규연의 스포트라이트' 28회(2015년 12월 18일) '국가의 배신, 우리의 수색은 끝나지 않았다'를 보았다. 관홍이에게 들어 귀에 익은 잠수사들의 인터뷰가 이어진다. 잠수 기술이 가장 뛰어난 에이스 전광근 잠수사, 관홍이에게 친형처럼 살갑게 잘 대해 준 황병주 잠수사, 잠수를 시스템적으로 가장 잘 이해하고 있는 강유성 잠수사. 7월 10일 해경이 민간 잠수사들에게 철수를 명령했을 때 반발하는 관홍이 모습도 담겼다. 소설 초고를 쓸 때는 일부러 이 영상을 보지 않았다. 이 틀에 갇혀 상상력이 제약을 받을까 걱정했기 때문이다. 퇴고를 하며 이제 보니 소설에서 보충할 부분이 서너 군데 눈에 띈다.

YTN, 김종균 기자, 2014년 5월 4일 보도. 박근혜 대통령이 직접 바지선에 올라가서 수색 상황을 점검했다. 이로부터 이틀 후 이광욱 잠수사 사망 사고가 발생했다. 이 둘 사이에 연관성은 없는지 검토할 것.

JTBC, 박상욱 기자, 2014년 4월 11일 보도. 7월 10일 민간 잠수사들이 철수한 뒤, 언딘의 리베로 바지선을 대체할 88수중의 바지선이 사고해역에 도착했다.

6월 6일

『거짓말이다』 퇴고. 3차 퇴고 마쳤다.

《시사IN》, 이상원 기자, 2015년 12월 7일, 김관홍 인터뷰 기사. 이 대목에서 울컥했다.

"질문 : 국정조사에서 '다시는 우리를 부르지 말라'고 했는데.

답 : 말은 그렇게 했지만 또 갈 것 같다. 잠수사들은 바보니까. 해경이 '작업 방식을 바꾼다'라며 쫓아낸 날에도 우리는 아직 물속에 계신 분들을 생각하며 엉엉 울었다. 사람들이 불쌍해서 갔다. 국가의 대접을 바라고 간 게 아니다."

《연합뉴스》, 박철홍 기자, 2014년 6월 5일 기사. 원로 잠수사들이 '세월호 잠수안전 십계명'을 제작하여 현장 잠수사들에게 나눠줬다. 기사 작성일이 6

월이다. 세월호 수색과 수습으로 바빴던 4월과 5월, 잠수사들의 안전을 위해 정부나 해경이 정한 수칙이 있었는가. 전혀 없었다.

6월 7일

『거짓말이다』 되고. 4차 되고 시작했다.

1장을 손질했다. 4월 22일 저녁 6시경 첫 잠수를 하는 것으로 바꾸면 어떨까. 4층 선수쪽 객실 F4 방으로 가서 남학생들을 모시고 나온다. 날짜를 23일에서 22일로 조정하면 모든 것이 바뀐다. 바지선의 크기도 대형에서 소형으로, 바지선 위의 장비들도 조정해야 한다. 잠수사들 숫자도 다르고, 잠수 횟수나 수색 공간도 새로 정해야 한다. 19일에서 22일까지 잠수했던 민간 잠수사를 수소문해서 인터뷰를 더 해야 할까. 그럼에도 불구하고 22일로 시간을 옮기고 싶다. 소형 바지선과 대형 바지선을 비교하면서 민간 잠수사의 수색과 수습 상황이 변하는 과정을 소설에 담을 수 있기 때문이다. 적극 고려할 것.

공우영 잠수사 1심 재판기록에서 바지선 구조, 5

월 6일 잠수 상황을 다시 확인했다.

이단비, 『재난보도의 정치화 연구』, 경희대 석사 학위 논문 검토했다. 참사 당시 기자들이 '기레기'라고까지 불린 이유를 분석했다.

6월 8일

『거짓말이다』 퇴고.

김상우, 배상웅, 황병주 잠수사를 만나 보충 인터뷰를 했다. 황 잠수사가 23일 이전 그러니까 체임버도 없는 소형 바지선에서 고생하며 잠수한 이야기를 자세히 들려줬다. 덮고 잘 이불도 없고 끼니를 이을 음식도 없는 상황. 그야말로 최악이었다. 22일로 나경수의 첫 잠수를 옮겨 쓸 수 있겠다.

6월 9일

『거짓말이다』 퇴고.

2장, 3장, 4장을 퇴고했다.

2장에서 4월 21일에 바지선에 올라가는 것으로 바꿨다. 류창대의 연설도 조정했다. "현재 이 바지선엔 체임버도 의사도 없어. 감압이나 치료가 필요하면 해군 함정으로 옮겨 타야 한다."

'공기 주입 호스'를 '생명줄'로 바꿨다.

'수상에서의 수색 · 구조 등에 관한 법률' 프린트하여 읽었다.

2014년 7월 9일과 10일 바지선에서 철수하는 상황을 관홍이에게 확인할 것.

《일요시사》, 2015년 2월 9일, 민간 잠수사 김상우 인터뷰 기사. 보상금 지급에 대하여 해경과 전남도청과 법제처가 서로 떠넘기는 상황에 주목할 것. 탁상행정의 전형이다. 법적 근거에만 집착하는 공무원의 목소리를『거짓말이다』에 부각시킬 것.

"해양경찰청이 수난구호법을 가져다 적용해서라도 보상을 하겠다고 언급한 것은 산재적용이 불가능한 상황 때문이다. 그러나 정작 전남도청에서는 이러한 배경과는 상관없이 법적 근거가 없으면 보상금을 지급할 수 없다는 입장을 견지하고 있다. 전남도청 안전총괄과 담당자의 말이다.

'공무원은 규정에 따라 움직이는 조직이다. 집행하려면 그에 따른 법적 근거가 있어야 하는데 수난구호법에는 사망자나 장애를 입은 자가 아니면 보상해 줄 수 없도록 되어 있다.'

이러한 입장에 대해 비난 여론이 일자 전남도청은 법제처의 판단을 구하는 절차를 밟았다. 보상금을 지급할지 말지 판단해 달라는 것이다. 졸지에 뜨거운 감자를 넘겨받은 법제처는 곤혹스러운 입장이다. 1월 27일까지 결론을 내겠다고 해놓고 2월 5일까지도 결과를 내놓지 못하고 있다. 연이은 회의에 담당 사무관과의 연결조차 쉽지 않았다. 일각에서는 '다시 전남도청과 해양경찰청에 알아서 해결하라고 할 것 같다'는 소문마저 돌고 있다. 법 해석을 둘러싼 행정당국의 '핑퐁 게임'에 잠수부들만 골탕을 먹고 있는 셈이다."

《한겨레 신문》, 김규남 기자, 2015년 8월 5일, 민간 잠수사들의 질병을 다뤘다. 하반신 마비 배뇨장애 김관홍, 어깨 골괴사 황병주.

6월 10일

『거짓말이다』 5장, 6장, 7장 퇴고.

수중 장면을 일요일에 집중 퇴고할 것.

5장. 체임버 없이 잠수 없다. "새 바지선에서 저는 먼저 감압 장비인 체임버부터 살펴봤습니다. 22일 저녁 윤종후를 수습할 땐 체임버도 없는 상황에서 해야만 했지요. 제 잠수 인생에서 단 한 번의 예외였습니다. 잠수병을 어쩔 수 없이 걸리는 천형으로 받아들이는 잠수사도 있습니다만, 저는 그렇게 생각하지 않습니다. 잠수에 필요한 장비를 최대한 갖춘 후 규범에 따른다면 늙어 죽을 때까지 잠수병을 피할 수 있습니다. 이를 위한 필수 장비가 바로 체임버입니다. 체임버 없이 잠수 없다! 이것이 저의 잠수 철학입니다."

7장. 바지선에서 잠수사들의 바쁜 나날과 심리 상태를 기자와의 인터뷰를 통해 보강했다.

"잠수사들은 팽목항이나 진도체육관 소식 못 듣습니까? 핸드폰 안 보나요? 텔레비전은……?"

"텔레비전은 없습니다. 있어도 볼 여유가 없고요. 핸드폰도 잘 터지지 않습니다. 궂은 날엔 거의 잡히지 않아요. 잡힌다 해도 그것 들여다볼 틈도 역시 없습니다. 식사를 가져다주는 조도 주민들에게 가끔 듣긴 합니다만, 자세히 따져 묻진 못했습니다. 이렇게 조건들이 좋지 않았다는 건 핑계고, 사실 잠수에 집중하고 싶었습니다. 처음엔 민간 잠수사에 관한 기사 몇 개를 검색해서 봤는데, 아주 소설을 썼더라고요. 어쩌면 그렇게 엉망으로 추측해서 써 갈기는지. 그다음부터는 아예 관심을 끊고 지냈습니다. 바지선에서 잠수사들이 언론 기사에 일일이 항의할 수도 없는 노릇입니다."

《팩트TV》, 2016년 6월 8일 보도. 세월호 특별법 개정안 입법청원을 촉구하는 국민 서명을 국회에 제출하였다. 서명자는 41만여 명.

《프레시안》, 박영대, '세월호 의혹의 확정' 시리즈

를 읽고 중요 내용을 공책에 정리하였다. 박영대 씨는 세월호 참사에 관한 1차 자료를 가장 많이 검토했고, 의혹을 날카롭게 짚어 내고 있다. '해경 123정, 왜 세월호와 교신 안 했나?'와 같은 질문은 나 역시 던지고 싶었던 것이다. 박영대 씨의 아래와 같은 주장을 소설에 담을 것.

"123정은 사고 현장으로 가는 도중뿐만 아니라 현장에 도착해서도 세월호와 교신을 하지 않습니다. 설령 출동하는 과정에 교신이 되지 않았다 하더라도 도착해서는 다시 한 번 교신을 시도해 보아야 할 것입니다. 구조 세력이 도착했음을 알리고 현재 선박의 상황이 어떠한지를 파악해야만 이제 무엇을 해야 할지 알 수 있기 때문입니다.

123정이 세월호와 교신하지 않은 것은 명백한 의혹 사항입니다. 그리고 이는 123정 활동에 있어서 생겨난 모든 의혹의 출발점이기도 합니다. 123정이 현장에 도착해서 했던 이후 행위들이 무슨 근거로, 어떠한 판단하에 이루어진 것인지 알 수가 없기 때문입니다."

6월 11일

『거짓말이다』 8장, 9장 퇴고.

4장, 윤종후를 수습하는 부분을 더 잘게 나눠 묘사했다.

9장, 유가족으로부터 담배 두 보루를 받은 민간 잠수사 에피소드를 삽입했다.

6월 12일

『거짓말이다』 퇴고하다.

5장, 6장, 15장 수중 장면을 집중 보강했다.

유튜브로 세월호 4층 선미 다인실 영상과 세월호 내부 사진들을 검토하며, 소설 속 공간들을 다시 확인했다.

6월 13일

『거짓말이다』 10장, 11장, 12장 퇴고했다.

11장. 끝까지 재판을 받아 보겠다는 류창대의 유쾌한 다짐을 보강했다. "미친개에게 물린 셈 치고 끝까지 가 봐야지. 이왕 이렇게 된 거 옳고 그름을 낱낱이 따져 봐야겠다. 내가 뭐 그렇게 큰 잘못을 했는지, 법의 심판을 받아 보자고."

마포 김 사장과 회의했다. 큰 문제없이 잘 진행되고 있다. 몇 부분 지적한 것들 반영할 것. 6월 26일 탈고 예정이다.

6월 14일

『거짓말이다』 13장, 14장, 15장, 16장, 17장, 에필로그 퇴고했다. 4차 퇴고 마쳤다. 마포 김 사장의 지적사항들 반영했다.

14장. 공무원들의 태도를 더 신랄하게 비판했다. "선례가 없는 일을 했다고 감사에서 지적이라도 당할까 걱정하는 건 아닌가요?"

15장. 전원구조 소식을 들은 생존 학생. 다행이라고 생각했다가 더 큰 절망감에 빠지는 것으로 조정했다. "함께 구조된 친구들과 가까운 섬으로 우선 갔어요. 서거차도였어요. 거기서 텔레비전을 보는데 '전원 구조' 네 글자가 뜨는 거예요. 나래와 영지도 구조되었구나. 그땐 너무 기뻐서 친구들과 끌어안고 소리도 쳤어요. 나래랑 영지를 만나 두 손 꼭 쥐고 미안하다고 사과할 수 있겠구나. 정말 다행이라고 생각했죠. 하지만…… 아니었어요."

16장. 나경수에 이어 최진태도 민간 잠수사의 실상을 세상에 적극적으로 알리겠다고 나서는 장면을 넣었다. 제2의 나경수, 제3의 나경수. "숙희에게라도 알려 주고 싶어, 아빠가 이토록 철저하게 무시당할 못된 짓을 맹골수도에서 한 게 아니라고. 나도 이제 인터뷰도 하고 방송에도 나갈 거야. 가만있다간 멍청한 아빠로 병들어 죽게 생겼어. 이렇게 죽긴 싫어."

17장. 나경수가 맹골수도로 내려간 이유. 관홍이가 내려간 이유를 그대로 옮겼다. "정두야! 작년 봄 맹골수도로 내려오란 권유를 받고 내가 무슨 생각한 줄 알아? 간단해. 이게 옳은 일인가 아닌가. 그리고 내가 할 수 있는 일인가 아닌가. 지금도 마찬가지야. 옳고 내가 할 수 있는 일이면 난 할 거다."

《미디어오늘》, 문형구 기자, 2016년 6월 14일 기사. 세월호 참사에 책임이 있는 해경 간부들은 줄줄이 승진했다. 123정장만 감옥에 있다. 책임자 처벌은 전혀 이뤄지지 않았다.

《경향신문》, 조형국 기자, 2016년 6월 15일 기사. 세월호 하중을 제대로 예측하지 못하여 선체 일부가 훼손되었다. 여름 인양도 어려운 분위기다.

"인양 계획이 변경된 이유로 정부는 기상 악화를 들고 있다. 지난 14일 오전 2시부터 파고 2미터, 길이 8~10초의 강한 너울(바람이 일으킨 물결)이 일면서 와이어가 연결된 수면의 크레인이 상하로 크게 요동쳤고 세월호 선체가 와이어의 요동을 견디지 못하면서 파손됐기 때문이다. 인양 작업을 담당하는 상하이 샐비지 컨소시엄 측은 와이어가 세월호 선체를 파고든 것을 발견했다. 손상 정도는 아직 파악되지 않았다. 해수부는 추가적인 선체 손상을 막기 위해 2.2도까지 올렸던 선수를 1.6도까지 내렸고 선체를 파고든 와이어를 제거하기 위해 선수 들기 작업은 중단됐다.

문제는 해상 작업중의 기상 악화는 충분히 예견된 일임에도 이에 대한 대비가 부실했다는 점이다. 해수부는 '총하중 1025톤을 견딜 수 있는 와이어에 1800톤의 하중이 실리면서 선체가 하중을 견디지 못했다'고 밝혔다. 하지만 지난 3~4월 해수부는

'8300톤인 선체를 부력 장치로 3300톤까지 줄이는 점, 무게 중심이 선미로 치우쳐진 점 등을 감안하면 2500톤 크레인으로 선수를 들 수 있다', '700톤의 인양력만 작용시켜도 된다'고 했었다.

선체는 손상됐고 와이어를 추가할 수도 없게 되면서 해수부는 당초 선수 들기를 마친 후 넣기로 했던 리프팅 빔을 앞당겨 투입하기로 계획을 변경했다. 선체를 훼손시키지 않은 1, 2번 와이어는 유지하고 선미 쪽에 넣기로 했던 리프팅 빔 2개를 선수 쪽 하단에 넣겠다는 것이다. 이렇게 하면 2개 와이어와 2개 리프팅 빔이 총 1400톤의 하중을 견딜 수 있게 돼 선수 들기 작업이 가능하다고 정부는 설명한다. 그러나 이번처럼 갑작스레 닥친 기상 악화로 1800톤씩 하중이 발생할 경우 똑같은 문제로 작업이 중단될 가능성은 여전히 남는다."

6월 15일

관홍이에게 문자가 왔다. 신작 장편『아편전쟁』을 가게로 보냈는데, 이제 도착한 모양이다. '즐겁게 읽어'라고 답을 보낸 뒤, 전화를 해서 만날까 잠시 망설였다. 5차 퇴고를 또 해야 하겠지만, 오늘은 모처럼 여유롭다. 그래도 5차 퇴고까지 하고 맘 편하게 같이 놀기로 마음을 고쳐먹었다. 며칠만 참아!

6월 16일

『거짓말이다』 초고를 검토한 이들의 의견을 두루 반영하며 퇴고했다.

《미디어오늘》, 문형구 기자, 2016년 6월 15일, 제주해군기지로 가는 철근 400톤이 세월호에 실렸다. 국방부는 세월호에는 해군기지로 가는 철근이 전혀 없다는 입장을 이미 밝힌 바 있다. 거짓말이 탄로 난 것이다. 철근을 감춘 까닭이 무엇인가. 중량 초과도 문제지만 철근이 배가 침몰할 때 어디에 실렸다가 어디로 움직였는지 확인할 필요가 있다. 세월호는 여객선인가 여객선을 가장한 화물선인가.

"세월호가 여객선이 아닌 화물선으로 운항돼 온 사실은 잘 알려져 있다. 여객의 경우 오하마나호만으로 운항을 할 때도 총정원 930명에 평균 400명 정도가 탑승하던 상황이었다. 김영붕 청해진 해운 상무는 검찰 조사에서 '세월호를 이용하는 승객의 숫자가 많더라도 승객에 대한 운임은 운영 수익에 크게 도움이 되지 않는다'며 '선박의 운항 수익은 대부분 화물 운송에서 발생한다고 보아야 한다'고 진술한 바 있다."

6월 17일

새벽에 관홍이가 갔다.

믿기지 않는다. 『아편전쟁』을 잘 받았다고 내게 문자한 것이 이틀 전이다. 이렇게 갈 녀석이 아니다. 이렇게 가면 안 된다.

서울서북병원 장례식장 특1호실. 연락을 받자마자 달려갔을 땐, 빈소도 꾸려지지 않았고 문상객도 거의 없었다. 관홍이의 아이들이 나를 알아보곤 멀리서 꾸벅 인사를 했다.

"삭가 아저씨."

무엇인가 그 아이들에게 이야기를 해 줘야 하겠는데, 할 말이 떠오르지 않았다. 아이들이 걷고 뛸 때마다 세월호 리본 목걸이가 흔들렸다. 여긴 관홍이가 있을 곳이 아니다. 관홍이가 세상에서 가장 사랑한 아내 혜연 씨가 있을 곳이 아니다. 세 아이가 있을 곳이 아니다. 그리고 관홍이와 이런저런 인연으로 만난 이들이 찾아올 곳도 아니다. 이런 풍경을 상상한 적은 단 한 번도 없었다. 이건 아니다. 이건 정말 아니다.

6월 18일

장례식장.

늦은 밤, 집으로 돌아와서 잠깐 눈을 감았다. 제법 잤다고 생각했지만 5분밖에 지나지 않았다. 다시 눈을 감았다. 꿈인지 생시인지, 후회막심인 두 장면이 차례차례 떠올랐다. 그러다가 시간도 공간도 사람도 마구 엉켰다. 해가 쨍쨍한데 비가 내리고, 도로 위를 달리다가 카페로 뛰어들고, 둘이었다가 혼자다. 세면대에 머리를 박고 냉수를 틀었다. 엉킨 것들을 억지로 풀었다.

먼저 2016년 4월 16일 저물 무렵이다.

안산에서 2주기 기억식을 마치고 세 군데 추모공원을 차례차례 가서 희생 학생과 희생 교사 들을 추모한 다음 서울로 향했다. 저녁 7시부터 2주기 문화제가 예정되어 있었다. 아침부터 하늘이 잔뜩 흐렸는데, 화성에서 서울로 접어들자 비가 뿌리기 시작했다. 무겁게 내려 앉은 먹구름 탓에 주위는 벌써 어둑어둑했다. 명랑한 바다호랑이는 그날따라 말수가 적었다. 추모공원을 연달아 세 곳이나 돌아본 것은 그도 나도 처음이었다. 내가 희생 학생과 희생 교사 들을 모신 공간에 가까이 다가설 때, 그는 멀찍이 떨어져서 기다렸다. 가까이 오라고 부르면 고개를 살짝 젓곤 먼저 건물을 빠져 나가 담배를 피우며 기다리기도 했다.

비가 점점 더 많이 내렸고, 그의 침묵도 길고 무거워졌다. 침묵 사이사이 먹 같은 한숨이 흘러나왔다. 빛이 투과하지 않는, 세월호가 침몰한 심해의 어둠을 그는 먹빛 어둠이라고 불렀다. 비와 집회는 상극이었다. 쏟아지는 장대비를 맞으며 광화문 광장에 과연 몇 명이나 모일까. 혹시……. 불길한 예감이 그에게서 나에게로 순식간에 옮겨 왔다. 그는 백미러로 뒷자리에 앉은 나를 봤고, 나 역시 그 시선을 피하지 않고 고스란히 받았다. 그가 입을 연 것은 바로 그때였다.

"형님! 언제 가장 스스로 생을 마감하고 싶은 줄

아십니까? 지금처럼, 어둠이 깔리면서 비가 쏟아지는 저녁입니다. 지상에 있지만 수중에 들어간 듯한 착각이 일죠. 그리고 순식간에 배 밖에서 배 안으로 위치를 옮깁니다. 품에 안고 나올 때, 그 무게와 감촉을 선명하게 느낍니다. 제가 데리고 나온 아이의 얼굴이 연이어 떠오릅니다. 아, 그땐 정말 죽고 싶더라고요."

나는 그에게 야단치듯 말했다.

"다신 그딴 생각 하지 마. 괜찮을 거야. 죽긴 네가 왜 죽어?"

두 번째 장면은 2016년 5월 31일 한낮이다.

『거짓말이다』 초고를 검토한 이가 내게 물었다.

"이렇게 심신을 다친 사람이 온전히 살아갈 수 있어요? 트라우마가 너무 심하잖아요?"

"그렇게 읽힙니까?"

"네. 위험하지 않나요, 그 사람?"

바다호랑이에게서 들은 환청과 환영 들, 수면장애와 우울감을 가감 없이 문장으로 옮기긴 했다. 그러나 그가 과연 온전히 살아가기에도 힘들 정도로 위험한 상황인가. 나는 초고를 돌려받으며 가볍게 답했다.

“관홍인 괜찮을 겁니다. 소설이라서 좀 더 극적으로 고친 부분도 있고.”

6월 19일

벽제 화장장을 거쳐 벽제 중앙추모공원에 안치했다.

많이 마셨다. 새벽에 또 깼다. 머리는 아픈데 잠은 오지 않았다. 관홍이가 씌워 주고 간 모자를 집어 썼지만, 이번에도 역시 두통은 가라앉지 않았다. 생각이 꼬리에 꼬리를 물었다. 관홍이가 이렇게 훌쩍 떠나리란 걸 왜 나는 손톱만큼도 눈치채지 못했을까. 지금부터 생각한다고 관홍이가 살아 돌아오진 않겠지만, 부질없다 여기면서도 생각은 또 꼬리를 물고 이어졌다. 말하자면 때늦은 변명이다. 한심한 노릇이다.

관홍이는 나를 만나러 올 때면 늘 싱글벙글 웃었다. 민간 잠수사를 주인공으로 정말 소설을 쓸 것이냐고 반복해서 물었다. 나 역시 아주 기분이 좋다고 어느 날엔 속마음을 보였더니, 왜 기분이 좋냐고 물었다.

"넌 내게 선물이니까."

"선물? 무슨 소립니까?"

고개를 갸웃거렸다.

"장편 작가가 주인공을 만드는 방법이 세 가지쯤 돼. 하나는 완전히 허구로 주인공을 만들어 내는 것이고, 또 하나는 작가의 문제 의식을 살아 낸 인물을 역사 속에서 찾아 그 사람을 주인공으로 삼는 것이지. 이 두 가진 흔히 쓰는 방법이야. 마지막 세 번째 방법은 작가로 사는 동안 평생 있을까 말까 해. 인생의 선물인 셈이지. 그게 뭔지 알아? 그건 바로 주인공이 작가를 찾아오는 경우야. 작가는 가만히 있는데, 주인공이 뚜벅뚜벅 다가오는 거지. 자기가 주인공이 될 줄도 모르고 말이야."

"아! 그래서 제가 형님에게 선물이로군요."

어느 날 갑자기 주인공이 찾아오는 것까지만 생각했지, 찾아왔던 주인공이 또 갑자기 사라질 줄은 정말 몰랐다. 주인공이 무엇 때문에 그토록 빨리 사라져야 했는가를 더듬는 새벽이라니! 정말 선물이라 여겼다면 아끼고 지켰어야 했다. 되고 따위가 뭐라고.

혼자 두지 말았어야 했다.

관홍이는 계속 내게 신호를 보냈다. 자기 입으로 직접 이야기를 한 적도 여러 번인데, 그때마다 나는 나쁜 생각 하지 말고 하고픈 일들 잘 준비해서 해내 가라는 격려만 했다. 소설을 쓰는 동안, 그가 들려준 이야기뿐만 아니라, 표정, 손짓, 발짓, 눈짓, 몸짓, 웃음, 울음, 한숨, 혀 차는 소리, 코 고는 소리까지 되씹으며 그의 고통을 확인하고 또 확인했었다. 고통을 확인하고서도 그것이 가장 끔찍한 불행으로 이어질 거란 생각을 못했다. 관홍이를 붙들 기회는 많았다. 내가 너무 멍청하고 한심했다. 소설 따위가 뭐라고.

6월 20일

작취미성. 하루 종일 누워 있었다. 《황해문화》 여름호가 눈에 들어왔다. 관홍이의 조언을 받아 완성한, 그래서 작품 말미에 김관홍 잠수사에게 감사하는 글까지 넣은 중편소설 「찾고 있어요」가 실려 있다. 6월 1일 출간되었다. 잡지를 받던 날, 관홍이에게도 한 권 바로 보낼까 하다가 『거짓말이다』 퇴고를 마치고 나면 만나서 직접 주려고 책상 구석에 놔뒀었다. 결국 관홍이는 이 중편도 활자로 나온 것을 못 보고 갔구나. 내가 너무 게으르고 어리석었다.

6월 21일

관홍이를 추모공원에 안치하고 이틀 꼬박 고민했다. 결말을 바꿔야 할까. 관홍이가 하늘나라로 떠났는데, 소설 속 나경수 잠수사가 동거차도에서 희망을 품는 것이 말이 되는 걸까. 지나치게 상황을 낙관한 것이 아닐까. 지금이라도, 마지막을 더욱 무겁고 어둡게 고쳐야 할까.

고민의 결론 : 관홍이에게 들려준 대로 그냥 두기로 한다. 이유는 두 가지다. 관홍이가 이 결말을 무척 마음에 들어 했다는 것이 첫 번째다. 그리고 『거짓말이다』가 출간되면, 관홍이 장례식장에서 만났던 공우영, 황병주 등 많은 잠수사가 이 소설을 읽을 것이다. 감정 이입해서 일반 독자보다 더 깊게 빠져들 것이다. 비극적인 결말을 그들에게 선사하고 싶지 않다.

《중앙일보》 권석천 논설위원에게 메일을 보냈다. 관홍이가 모시고 나온 희생자의 숫자를 바로잡아 달라고 적었다. 사소한 차이긴 해도 기록으로 남을 부분이니까. 이제부터 관홍이와 관련된 모든 기사나 글들을 찾아 읽어야겠다. 그게 내가 해 줄 수 있는 최소한의 일이다.

공우영 잠수사가 1심에서 무죄를 받던 날 기사를 찾아봤다. 관홍이도 이날이 무척 기뻤다고 했다. 《한겨레21》, 정은주 기자, 2015년 12월 14일 기사. '덫에 걸린 민간 잠수사 무죄.'

2014년 5월 6일 이광욱 잠수사가 사망한 뒤, 그 책임을 물어 공 잠수사에게 죄를 뒤집어씌우려고 해경이 벌인 꼼수 두 가지를 정확하게 지적했다.

"해경은 부랴부랴 민간 잠수사가 '독립적으로' 수색 작업을 했다는 '문서'를 만들었다.

첫째, 5월 11일 민간 잠수사들에게 '수난구호업무 종사 명령서'를 발급했다. 공 씨는 5월 26일 명령서를 받았다. 날짜는 '2014년 4월 19일'로 소급해 적혀 있었다. 해경이 민간 잠수사에게 부여한 임무는 '여객선 세월호 침몰 사고 관련 수중 실종자 수색'이었다. 일종의 수색 위임장이다.

둘째, 공 씨에게 지급할 수난구호비용(수당)을 다른 잠수사의 130%로 책정했다. 6월 17일 제9차 중앙재난안전대책본부 회의에서 결정했다. 공 씨는 '사망 사고 발생 때 나는 민간 잠수사 감독관이 아니었다. 그러나 그 후 사망 사고의 책임자를 지목해야 하는 과정에서 (해경이) 나를 감독관, 책임자로 둔갑시켰다'고 말했다."

6월 22일

헌사를 넣었다.

'바다호랑이,

김관홍 잠수사를 기억하며'

『거짓말이다』 5차 퇴고 시작.

1장, 2장, 3장, 4장 손질했다.

6월 23일

『거짓말이다』 5장부터 끝까지 손질했다. 5차 퇴고를 마쳤다. 24일 새벽 3시.

6월 24일

'작가의 말'을 쓰기 시작했다.

장편을 마치고 나면 '작가의 말'은 군더더기 같다. 길어야 A4 한 장을 넘지 않는다. 그런데 『거짓말이다』 작가의 말은 길게 쓰기로 했다. 2016년 3월 2일 김관홍을 만나서 6월 17일 그가 떠날 때까지 나와 있었던 일들을 간추려 실으려 한다. 관홍이의 세 아이 라은, 다은, 효를 위해서다. 아빠가 왜 그렇게 빨리 하늘나라로 갔는지, 아빠가 얼마나 아름다운 사람이었는가를 라은, 다은, 효 세 아이에게 알려 주고 싶다. 지금은 읽고 이해하기 어렵다고 해도, 먼 훗날 세상을 살아 가다가 힘이 들 때, 이 글이 그들에게 용기를 줬으면.

6월 25일

'작가의 말' 초고 끝마쳤다.

6월 26일

'작가의 말'과 '감사의 글' 완고를 출판사에 보냈다.

6월 27일

관홍이네 야생화 가게에 다녀왔다. 관홍이의 아내 김혜연 씨와 잠시 이야기를 나눴다. 지난번에 왔을 때는 가게 앞에 잠수 장비와 잠수복을 모아 놓고 하나하나 설명을 들었었는데……. 관홍이는 아주 진지하게 잠수복을 입었다. 불과 한 달 전인데, 그 사이 관홍이가 하늘나라로 떠났다는 사실이 믿기지 않았다. 우선은 관홍이가 없는 이 비닐하우스에서 혜연 씨와 세 아이가 벗어나는 것이 급선무다. 정성을 모을 때다. 라은이와 눈이 마주쳤다.

"아빠 이야길 아저씨가 소설로 쓰고 있어."

"알아요."

"읽고 싶니?"

"예."

손을 꼭 잡아 줬다. 『거짓말이다』를 읽을 가장 어리고 소중한 독자!

《한겨레21》, 홍석재 기자, 2016년 6월 27일. 관홍이를 보낸 동료 민간 잠수사 유충렬 씨 인터뷰. 기사 첫 문장을 열 번 넘게 읽었다. "물속에서 그들은 슬지 않는 강철이었다." 그리고 유 씨의 회고는 관홍이가 내게 해 줬던 이야기와 똑같다. 이것이 관홍이의 마음이며, 민간 잠수사들의 마음인 것이다.

"현장 구조에 나섰던 어떤 잠수사도 당시를 절대 잊을 수 없을 겁니다. 주검 수습을 위해 바닷속에서 세월호 희생자들에게 손대는 순간, 숨을 거두던 당시의 고통이 그대로 전해져 옵니다. 창문마다 온 힘을 다해 손톱으로 긁은 흔적이 있고, 방 사이를 가로막은 칸막이벽들이 주먹으로 쳐서 다 부서졌어요. 잠수사들은 주검이 된 상태에서라도 아이들의 부모를 모두 찾아 주고 싶어서 그곳에 갔습니다. 물속에서 마음으로 울어야 했습니다. 너무 안타까워서……."

6월 28일

내일 김해 화정글샘 도서관 강연을 위해 PPT를 만들었다. 「찾고 있어요」 소개와 관홍이에 대한 이야기를 말미에 넣었다. 관홍이와 노무현 대통령 묘소에도 함께 가기로 했었다. 같이 하자고 말만 하고 못한 일들이 많다.

《경향신문》, 강현석 기자, 2014년 5월 12일 기사. '갇힌 300명 이동 가능했는데…… 해경, 아무도 선체 진입 안 했다' 검찰의 분석에 따르면 9시 30분엔 배가 45도 좌현으로 기울었다. 이때 해경이 선내로 진입하여 구조했다면 승객 전원이 생존할 수 있었다고 검찰은 판단했다. 9시 45분엔 배가 62도 기울었다. 이 정도 기울기에서도 해경은 갑판으로 올라가서 구명뗏목을 발로 차 떨어뜨렸다. 난간을 붙잡고 이동이 가능하다는 것을 해경 스스로 증명한 셈이다. 이때 선내로 진입하여 구조했다면, 많은 승객이 목숨을 건졌을 것이다. 그러나 123정 해경도, 헬리콥터에서 내려온 해경 항공구조사도 끝끝내 선내 진입을 하지 않았다.

6월 29일

봉하마을에 들러 노무현 대통령 묘소에 참배했다. 묘소로 향하는 길에 바닥에 적힌 글귀 가운데, 관홍이와 함께 힘차게 읽었으면 좋았을 글귀를 발견했다. '노짱 정의가 바닷물처럼 흐르는 세상'.

김해 화정글샘 도서관에서 '문학의 힘—깊은 인간으로 거듭나는 길'이란 제목으로 강연했다. 관홍이를 소개하면서, 장례식장 밖에 붙어 있던 4·16가족협의회 플래카드를 독자들에게 보여 줬다. 그리고 잠시 나는 할 말을 찾지 못했다. 거기엔 이렇게 적혀 있었다.

'내 아이, 내 가족을 찾아 주신
김관홍 잠수사님, 고맙습니다'

6월 30일

앨리스 먼로 단편 「쐐기풀」에서 관홍이를 떠올리는 문장을 발견했다.

"그가 심연을 본 사람이라는 걸 나는 알 수 있었다. 그 끝 모를 심연이 어떤 것인지를 정확하게 알고 있는 사람. 나는 그런 심연을 알지 못했다. 심지어 그 근처에도 가 본 일이 없었다."

2016년
7월

7월 1일

『거짓말이다』에 실릴 작가 사진은 동거차도 절벽에서 찍은 것으로 쓰기로 했다. 약력엔 '소설가'라고만 쓰고.

최대한 버티고 싶다.

7월 2일

지난 봄만 해도 7월 말이나 8월 초면 세월호가 인양될 것이라는 예측이 여기저기서 흘러나왔다. 그래서 관홍이도 7월 말이나 8월 초에 소설을 출간해 달라고 한 것이다. 그러나 벌써 7월인데, 해수부에선 아무런 발표도 없다. 희망고문.

7월 3일

민간 잠수사에 관해 장편을 쓰면 작가인 내가 힘들어지고 마음이 크게 다칠지도 모른다고, 관홍이가 경고했었다. 소설을 쓰면서 힘들었던 일들 모두 합친 것보다 관홍이가 없는 것이 더 힘들다.

7월 4일

고인돌공원에서 찍은 고인돌들을 오후 내내 다시 들여다봤다. 봄볕이 참 좋았고, 돌들도 긴 시간 속에서 단련된 표정을 지어 보였다. 관홍이는 그 돌들 하나하나마다 평을 했었다. 나는 관홍이에게 별자리가 홈처럼 팬 고인돌 이야길 들려줬다. 그때 이마에 주름까지 잡으며 놀라던 관홍이 얼굴이 코앞에 있는 듯하다.

7월 5일

『거짓말이다』를 출간하고 강연이 잡히면, 관홍이가 준 모자를 쓰고 가야겠다. 함께!

7월 6일

마포 김 사장과 『거짓말이다』 마지막 점검 회의를 했다.

『거짓말이다』 마지막 교정쇄 교정 시작. 1~129면.

7월 7일

『거짓말이다』 130~끝까지 교정 마쳤다. 카페 홈즈에서 집중 교정했다.

7월 8일

『거짓말이다』 최종고를 출판사에 넘겼다.

『거짓말이다』 표지 시안이 왔다. 푸른 바탕. 바다에 배가 떠 있고, 수중엔 잠수사가 있다. 나쁘지 않다.

7월 9일

분당에 가서 『거짓말이다』 독자교정을 참관했다.

독자들 모두 읽어 내는 것 자체를 힘들어한다. 지나치게 자극적인 부분은 최대한 만졌는데도, 특히 수중 장면들이 받아들이기 어렵단다. 그래도 이보다 더 낮출 순 없다. 세월호 유가족이나 관홍이가 겪은 일은 소설보다 100배는 더 참혹하니까.

7월 10일

걸표지 안쪽에 세월호 참사와 김관홍을 떠올리게 하는 문장을 세 개씩 넣기로 했다.

내가 추천한 문장은 '내가 김관홍이다'.

쇄를 달리할 때마다 문장도 바꿀 예정이다.

'기면 기고 아니면 아니다' 이것도 후보작. 관홍이가 남긴 명언이 적지 않구나.

7월 11일

김관홍 49재 준비 모임을 박주민 의원 사무실에서 가졌다. 『거짓말이다』를 중심에 두고, 관홍이에 대해 이야기를 나눠야 할 듯하다.

7월 12일

『거짓말이다』, 「찾고 있어요」에 이어 민간 잠수사에 관한 이야기를 또 쓰게 될까. 언젠지는 모르겠지만 쓰게 될 것 같다. 먹 같은 어둠에 관하여 나는 할 말이 남았다.

7월 13일

『거짓말이다』 인쇄 시작했다.

7월 14일

페이스북을 살피다가, 3월 5일 내가 관홍이에게 보낸 첫 페북 메시지를 우연히 찾았다. 넉 달이 40년은 된 것 같다. 아니 바로 4분 전에 일어난 일 같다. 3월 하순에 만났으면 한다고 보냈는데, 3월 9일에 바로 만난 것이다. 속전속결 김관홍.

"〈416의 목소리〉…… 잘 들었습니다. 녹음실에서 이야기한 것 중에서도 못 나간 아까운 부분이 많네요. 3시간이 아니라 한 달을 이야기해도 모자라겠지요. 3월 하순에 날을 잡고, 좀 더 많은 이야기를 듣고 싶습니다. 세월호에 관한 소설을 쓸 계획을 개인적으로 잡아 보고 있기도 하고요. 유가족의 이야기는 상대적으로 많은데, 잠수사의 이야긴 김관홍 씨 외엔 거의 없는 편입니다. 이야기를 더 듣고, 법원 기록들도 더 찾아 보고, 1년 정도 기간을 잡고 천천히 준비해 보고 싶습니다."

7월 15일

진해에 잠시 내려왔다.

관홍이에게 진해 이야길 들려줬던 기억이 났다. 관홍이가 물었다.

“벚꽃 피면 진해가 정말 그렇게 아름다워요?”

“아름답지. 꽃이 진 후가 더 아름답긴 하지만.”

7월 16일

김관홍을 기억하는 사람들을 한 사람 한 사람 만나야겠다. 평생 내가 할 일이 늘어난 셈이다.

7월 17일

엄마는 '아, 목동아'란 곡을 하모니카로 불고 나면 가슴을 먹먹해진다고 하셨다. 관홍이와의 일들을 드문드문 이야기해 드렸다. 새벽기도에서 첫 기도 제목으로 관홍이와 그 가족을 두겠다고 하셨다.

7월 18일

상경.

『거짓말이다』 예약 판매를 시작했다.

7월 19일

김종천 작곡가와 점심을 먹었다.

관홍이에 관한 이야기를 자꾸 물어서 자세히 들려줬다. 김관홍 잠수사와 『거짓말이다』의 테마곡들을 무료로 작곡하고 싶단다. 49재에 배경음악들이 필요하긴 하다. 고마운 마음.

7월 20일

관홍이와 함께 잠수하는 꿈을 꾸었다. 나는 공기통을 메고 잠수복을 입었는데, 관홍이는 속옷도 입지 않은 벌거숭이다. 한 마리 펭귄처럼 수중에서 전후 상하 좌우 자유롭게 헤엄쳤다. 관홍이가 멀리 가버릴까 봐 계속 가까이 다가가려고 애썼다. 그러나 눈 깜짝하는 사이에 관홍이는 사라졌다가, 내 머리 위에서 내 발 아래에서 내 등 뒤에서 나타났다. 나도 이 잠수복을 벗어 버릴까. 관홍이처럼 멋지게 헤엄치고 싶었다. 그런데 어느새 관홍이가 내 손목을 쥐었다. 손목을 빼내기 위해 안간힘을 쓰다가 깼다.

7월 21일

유튜브에서 관홍이가 증언하는 동영상들을 다시 찾아봤다. 벌써 열 번은 넘게 본 영상들인데, 오늘따라 낯설다. 관홍이가 살이 많이 빠져 보인다.

7월 22일

김관홍 49재를 의논했다. 추모 사진집을 만들기로 하고, 추모의 글을 내가 쓰기로 했다. 추모식 제목으로 '포옹하는 인간'을 추천했다. 8월 5일 저녁 은평문화예술회관 숲속극장.

7월 23일

소설을 탈고하고 나면 망각 여행을 떠나곤 한다. 돌아와 새 작품을 새로운 기분으로 시작하기 위하여. 『거짓말이다』 탈고 후엔 여행을 가지 않았다. 아직은 망각하지 않으려고 애쓸 때다.

7월 24일

밤을 새워 『1995년 서울, 삼풍』을 읽었다. 참사는 어떻게 기억되는가. 기억되어야만 하는가. 세월호 참사에도 참고할 부분이 많다.

7월 25일

『거짓말이다』 출간.

김관홍 추모 사진집 『바다호랑이 김관홍—그 봄부터 이 여름까지』에 들어갈 글을 완성했다. 제목은 '처음, 김관홍은'이다.

처음, 김관홍은

김탁환/소설가

"처음부터 이야기해 주세요."

김관홍 잠수사가 이야기를 시작했다. 2014년 4월 23일, 맹골수도에 도착하는 순간을 첫 장면으로 삼아서. 나는 말을 끊고 다시 요구했다.

"그때 말고, 그보다 더 거슬러 올라가서, 처음부터 이야기해 주셨으면 해요."

그는 시선을 떨어뜨리더니, 처음 심해 잠수를 시작한 순간을 끄집어 올렸다. 나는 다시 말을 끊었다.

"어떤 처음 말입니까?"

"제가 원하는 건 기억의 처음입니다. 거길 이야기의 처음으로 잡을 거니까요."

"알겠습니다. 그런데 늘 이런 식인가요?"

그는 내게 많은 이야기를 했다. 이야기를 잘하는 사람이 이야기꾼이 아니라, 간절한 이야기를 많이 가진 사람이 이야기꾼이라는 것을 그를 통해 알았다. 그는 '김관홍'이라는 인간이 지닌 기억의 처음뿐만이 아니라, 인류의 처음에 대해서도 이야기했고, 지구의 처음은 물론이고 우주의 처음에 관해서도 논할 눈빛이었다.

이야기가 완벽했던 것은 아니다. 따로 공책에 적어 퇴고를 하지도 않는 눈치였다. 지금까지 알고 있는 지식에 상상을 더해 이야기를 늘어놓았다. 한번 이야기를 시작하면, 30분 정도는 너끈하게 혼자 이끌어갔다. 세 가지 점이 다른 이야기꾼들과 달랐다. 첫째, 그가 하는 이야기엔 웃음이 담겼다. 아무리 힘든 상황을 이야기하더라도, 그 안에서 작은 즐거움을 꼭 집어 들려줬다. 둘째, 허술한 부분이나 사실에 맞지 않는 부분을 지적하면 곧 인정하고 받아들였다. 싫은 내색을 한다거나 움츠러들지 않고, 그게 그렇게 됩니까, 이런 표정을 지으며 넘어갔다. 셋째, 몇몇 이야기는 반복했다. 그게 반복이라고 지적을 해도, 한 번 더 이야기를 하는 게 큰 문제가 있기라도 하냐는 듯이 멈추지 않았다.

이야기꾼 김관홍이었기에, 이런 이야기를 그로부터 들었을 때 낯설기도 했다.

"물속이 편했어요. 헤엄을 치지 않더라도, 그냥 들어가서 앉아만 있어도 그렇게 평화로울 수가 없는 겁니다. 갑론을박 이야기할 필요도 없고, 그냥 나는 나 김관홍이고, 수중 세계는 내게 어떤 요구도 하지 않으니까요."

이야기꾼으로서 김관홍이 지닌 세 가지 특징을 메모해 두긴 했지만, 왜 그런 식으로 이야기하는가에 대해선 심각하게 고민하진 않았다. 아직 그로부터 들을 이야기도 많고, 나눌 시간도 충분하다 여겼기 때문이다. 석 달 남짓 그의 이야기를 들으며 먹고 마시고 돌아다니다 보니, 그 특징들의 근원을 어렴풋하게나마 알게 되었다. 김관홍의 이야기들은 모두 '고통'과 '자부심'에 집중되어 있었다.

고통받는 자들에 대한 이야기를 정말 많이 했다. 대한민국 근현대사를 훑을 때는, 일제하 독립운동과 유신 치하의 반독재 투쟁과 광주 민주화 운동에 헌신한 이들에 관한 이야기를 껑충껑충 건너뛰며 꺼내 놓았다. 진도 팽목항과 동거차도에 함께 갔을 때는 삼별초와 충무공 이순신 장군에 대한 이야기를 하느라 시간이 부족할 정도였다. 김관홍은 계속 그 역사적 인물들이 겪은 고난의 길에 주목했다. 이마에 주름을 잡아 가며, 그들이 얼마나 힘겨운 나날을 보냈는지를 장황하게 설명했다.

고통에 민감한 마음은 사람에게만 국한되지 않았다. 야생화 가게를 부업으로 한 탓도 있겠지만, 어디에 가든 식물에 대한 관심을 거둔 적이 없었다. 슬쩍 자리에서 일어나 꽤 오래 돌아오지 않은 적이 많았다. 왜 이렇게 돌아오지 않을까 걱정하며 나가 보면, 호스를 끌어와서 시들어 가는 나무나 풀에 물을 주느라 바빴다. 자기 집 정원도 아니고 우연히 들른 곳의 식물들까지 상태를 살피고 고통을 덜어 주고자 노력하는 인간, 그가 바로 김관홍이다.

자부심에 대해선 고통을 논할 때보단 짧게 이야기했다. 고난의 길이 꼭 행복하게 끝나진 않았다. 사필귀정이 되는 경우는 훨씬 적었다. 그 분투의 마지막을 이야기할 때 김관홍은 잠시 말을 끊거나 머뭇거렸다. 범람하는 강물처럼 여기까지 힘차게 흘러내린 것과는 달랐다.

"……그렇게 끝나 버렸어. 하지만 그래도 그 사람들 후회하진 않았을 거야."

'그 사람들'은 때론 독립운동가였고 때론 삼별초였고 때론 이순신이었다. 박래군 선생이나 박주민 변호사를 거기에 넣는 날도 있었다. 김관홍이 자세히 설명하진 않았지만, 처음부터 '그 사람들'에 넣어 둔 이들은 함께 맹골수도에서 세월호 실종자 수색과 수습을 했던 민간 잠수사들이었다. 물론 그도 그 속에 있었다.

김관홍은 민간 잠수사의 고통을 세상에 알렸다.

잠수병을 비롯한 육체적 부상과 질병, 정신적 트라우마도 고통스러웠지만, 그가 가장 아파한 것은 세월호 민간 잠수사로서의 자부심을 짓밟혔을 때였다. 그는 끝까지 자부심을 지키려 했다. 이를 위해 어떤 고통도 두려워하지 않았다.

"처음부터 시작해야 했어요. 잠수라면 뭐든 다 알지만, 이건 정말 하나도 모르겠더라고요. 세월호 유가족들을 어떻게 만나야 하는지, 무슨 말부터 건네야 하는지, 집회에 가선 무얼 해야 하는지, 인터뷰할 때 해야 할 것도 하지 않아야 할 것은 무엇인지, 세월호에 관해선 어떤 책들을 먼저 읽어야 하는지……."

김관홍에겐 '처음'이 많았다. 대부분의 사람들은 자기에게 익숙한 무리에 발을 넣으면 평생 빠져나오지 않는 반면, 그는 맹골수도에 함께 일한 민간 잠수사들 속에 머물러 있지 않고, 다른 곳으로 와서 다른 사람들을 만났다. 앨범을 만들기 위해 모아 놓은 사진 속엔 잠수의 현장이 아닌, 잠수사로선 갈 일이 없는 곳에 머문 나날이 뚜렷이 드러난다. 그곳에서 김관홍은 처음부터 새롭게 만나고 배우고 익혀야 했다.

그는 비교적 빨리 새로운 환경과 사람에 적응했다. 우선 그에겐 '고통'과 '자부심'이란 잣대가 있었다. 누굴 만나든지 그는 묻고 대답했다. 당신의 고통은 무엇입니까. 그리고 그 고통을 감내하고서라도 당신이 지키고 싶은 자부심은 무엇입니까.

또 하나, 김관홍은 사람의 '진심'을 믿었다.

"바지선의 동료 잠수사들을 믿지 못하면 표면공급식으로 심해 잠수를 할 수 없습니다."

그래서였을까. 그는 한번 마음을 주고받은 이와는 곧 친해졌고, 간과 쓸개를 꺼내줄 정도로 배려했다. 사람과 사람이 사귈 때 중요한 것은 만나는 시간의 길이가 아니라 서로를 아끼고 위하는 마음의 깊이라고 확신했던 걸까.

앨범을 넘길 때마다, 처음 시작하는 김관홍이 보

인다. 이미 익힌 것도 처음처럼 진지하다. 익숙하다고 허투루 할 수 없는 것이 또한 잠수라고 했다. 잠수를 하듯, 맹골수도 이후의 세상에서도 그는 진지하면서도 유쾌하게, 처음을 느끼고 즐겼다. 마지막 날까지, 그는 첫 마음 첫 몸으로 우리에게 왔기 때문에, 우리는 그의 오늘뿐만이 아니라 내일과 모레와 내년과 먼 훗날을 기대했다.

이 앨범엔 김관홍의 다양한 모습이 담겼다. 당연하다, 김관홍은 매일 새롭게 처음부터 시작하고 있었으니까. 앞으로 그에 관한 이야기를 얼마나 할지 모르겠지만, 내 이야기의 서두는 항상 이것이다.

"처음, 김관홍은……."

그러면 그때 김관홍처럼, 내 이야기를 듣는 이들도 따져 물으리라.

"어떤 처음 말입니까?"

내가 처음이라고 지목한 순간은 그때그때 달라질 것이다. 홀로 수중에 들어가서 온갖 바다 생물의 움직임을 마음대로 즐기듯, 김관홍에게 처음이란, 어느 대목에서라도 시작할 수 있는 '자유'를 확보하는 그만의 방식이었는지도 모르겠다. 마지막이 아니라 처음을 이야기하게 하는 것 역시 그가 내게 건넨 마지막 선물 같다.

1년 만에
띄우는
편지

보고 싶은 관홍에게

네가 떠난 지도 벌써 1년이 가까워 오는구나.

고작 1년인데, 10년보다 더 많이 바뀐 것 같다. 1년 뒤가 이렇게 달라질 걸 타임머신이라도 타고 가서 미리 알았더라면, 이런 편지를 네게 띄우진 않을 텐데. 만물의 영장 운운하지만 한 치 앞도 모르는 미물이 바로 인간이구나. 2016년 5월에 2017년 5월 장미 대선을 예견한 이는 단 한 사람도 없었다.

나아지는 건 없고 왜 자꾸 나빠지기만 하느냐고, 역사가 원래 그런 거냐고 툴툴거리던 네가 떠오른다. 작년 5월 동거차도의 밤이었지. 희생자를 모시고 나온 바다가 바로 눈앞이라서 네 손짓은 더 컸다. 내 눈을 빤히 들여다봤지만, 솔직히 내게 답 같은 게 있을 리 없었지. 그래도 거센 바닷바람으로 답을 대신할 순 없어서 몇 마디를 꺼냈다. 지금은 비록 지고 지고 또 지더라도, 긴 역사적 안목에선 이기고 있는 중이라고. 넌 눈을 동그랗게 떴다. 그 시간이 너무 길면 기다리다가 숨 넘어 갈 사람이 한둘이 아니라고 했다. 너도 나도 예감하곤 있었다. 1980년 광주항쟁의 진상규명 활동이 36년째 계속되듯, 세월호 참사 역시 단기간에 해결되진 않으리란 것을. 박근혜 정권처럼 저렇게 방해만 해대면 10년, 어쩌면 그 이상의 시간이 필요하리란 것을.

습작 시절, 절친했던 사람의 영전에 바치는 소설과 에세이를 꽤 읽었다. 그때마다 난 속으로 마땅하지 않게 여겼다. 그토록 소중한 사람이라면 살아 있을 때 소설이든 에세이든 써서 보여 줬어야지, 죽고 나서 글을 바치는 게 무슨 소용이람. 그런데 네 도움을 받아 쓴 장편 『거짓말이다』도 중편 「찾고 있어요」도 넌 읽지 못하고 떠났구나. 관홍이 네 영전에 바치는 소설들이 되고 말았다.

올겨울 네가 곁에 있었다면, 며칠 밤을 새워 가며 이야기꽃을 피웠을 거다. 넌 끊임없이 말하고 또 말하는 잠수사였으니까. 이왕이면 멋진 곳에서 좋은 술과 안주를 곁들여 이야기꽃을 피워야 한다고 했지. 방방곡곡에 네가 아는 형과 아우들이 포진해 있다며, 전화 한 통이면 당장 떠날 수 있다고 큰소리를 쳤다. 김관홍 특유의 허풍이 전혀 밉지 않았다. 좋아하는 이들에게 근사한 장소와 시간을 마련해 주고 싶고, 또 거기서 넉넉히 먹고 마시기를 원한 네 진심이 느껴졌기 때문이다.

말은 그렇게 했지만, 너와 많은 곳을 다니진 못했다. 2016년 3월 2일 CBS에서 만나고 3월 9일에 내 작업실에서 다시 만나 인터뷰한 후, 나는 곧바로 장편 작업에 착수했으니까. 평소대로라면 적어도 6개월은 구상을 한 후에 집필에 들어갔겠지. 『거짓말이다』는 3월 9일부터 듣고 읽고 쓰기를 동시에 진행할 수밖에 없었다. 3월 9일, 네가 진지한 표정으로 내게 물었기 때문이다.

—그런데 김 작가님, 장편소설을 여름에 내실 수

있습니까?

나는 잠시 고민했다. 2017년 여름을 가리키는 건가? 아니면 2018년?

—빠듯하지만, 2017년 여름이라면…….

네가 말허리를 잘랐다.

—올여름은 안 됩니까?

난 즉답을 못한 채 네 얼굴을 바라만 봤다. 올여름 그러니까 2016년 여름이라면 넉 달 안에 초고 집필과 퇴고를 마쳐야 하는 살인적인 일정이었다. 삼십대엔 연습 삼아 서너 달에 한 권씩 책을 쓰기도 했지만, 2009년 6월 대학 교수를 그만두고 전업 작가를 시작한 후로는 구상부터 퇴고까지 적어도 3년은 잡았다. 3년으로도 부족한 것이 장편이니까. 나는 되물었다. 올여름을 고집하는 이유가 도대체 뭡니까?

—세월호가 여름에 인양된다고 합니다. 이왕이면 그 시점에 소설을 내면 효과가 더 클 겁니다. 가능하시겠습니까?

내 안에 두 가지 대답이 바오밥나무처럼 자랐다. 사정이 그렇다면 여름까지 마쳐 보겠다는 답과 아무리 급해도 최소한 2017년 여름이나 가을에 내는 것으로 하자는 답. 나는 전자를 택했다. 무모한 작업이라 하더라도, 손해를 보더라도, 무엇이든 하는 것이 중요한 때도 있는 법이다.

2016년 봄과 여름이 참 멀게만 느껴진다.

너도 알다시피 그 봄과 여름엔 아직 최순실 게이트가 터지지도 않았고, 정부는 세월호에서 자식을 잃은 엄마 아빠의 요구를 대부분 무시했으며, 어렵게 구성한 특조위 역시 여당 추천 의원들의 노골적인 방해로 제 역할을 못 했다. 앞으로 나아간다기보다는 그 자리에서 버티기 위해 안간힘을 쓰던 때였다.

3월부터 5월까지 초고를 마치고, 6월에 퇴고를 하고, 7월에 편집을 하여 7월 말이나 8월 초에 출간을 하는, 숨 가쁜 스케줄이 잡혔다. 이 과정에 조금이라도 문제가 생기면 8월 초 출간은 어렵다. 그 흔한 감기도 걸려서는 안 되는 거였다. 하루를 쉬면 써야 할 분량이 늘어나니까. 너도 그런 서커스를 봤을 거다. 시간 제한을 두고 온몸이 꽁꽁 묶인 마술사가 투명한 유리 상자에 들어가 쇠줄을 풀고 탈출

하는 장면. 『거짓말이다』를 쓰는 일도 그것과 비슷했다. 뒤가 막혔으니 하루하루 한 시간 한 시간 일 분 일 분 최선을 다할 수밖에 없었다.

그러니 너와 경치 좋은 곳에서 먹고 마실 여유가 없었다. 소설에 필요한 장소들을 답사하는 것으로 아쉬움을 달랬다. 안산 합동분향소와 세 군데 추모공원, 단원고와 광화문 광장, 그리고 허기를 달래던 광장 뒤쪽의 음식점들. 서울에서 동거차도까지 내려갔다 오면서 들른 팽목항 분향소와 진도대교가 내려다보이는 카페, 고창 고인돌공원과 늦봄 선운사.

답사를 오가는 동안, 너는 슬쩍슬쩍 내 눈치를 봤다. 흥겹게 떠들고 먹고 마시는 여행과는 달리, 이건 답사였으니까. 묘한 긴장이 내 말과 행동에 묻어났고, 예민한 너는 그걸 곧 알아차렸던 거다. 답사 때 나는 오감을 동원하여 시시각각 느끼고 기록한다. 정확하게 적어 두지 않으면, 작업실로 돌아와 글을 쓸 때 곤란을 겪기 때문이다. 그렇다고 짐을 꾸려 다시 내려오는 건 만만치 않은 일이니까.

팽목항에 새벽에 내려 잠시 눈을 붙인 뒤 바닷가

로 나갔을 때가 기억날지 모르겠다. 희생자를 모신 함정이 들어오던 지점에서부터 해안을 따라 천천히 걷다가 내가 주저앉았었다. 그때 네가 나를 발견하고 다가와선 물었다.

—왜 여기 계세요? 하늘나라 우체통 보러 가요. 등대 바로 앞에 있어요.

—응. 먼저 가 있어. 여기 조금만 더 있다 갈게. 조금만.

—어디 불편하세요? 도와 드릴까요?

너는 내 얼굴을 살폈다.

—아냐. 일하던 중이었어. 그냥, 가 있어. 곧 갈게.

—아, 예, 일…….

나는 함정에서 모시고 나온 희생자가 자신의 딸이 아니란 걸 확인한 유가족 아빠가 그 자리에서 주저앉는 상상을 하던 중이었다.

—알겠습니다. 그럼 천천히 오세요.

짧은 뒤통수를 긁적이더니, 또 씩씩하게 걸어갔다, 넌.

2016년 5월 너와 갔던 길을 2017년 5월 다시 가 보려 한다.

안산에 있는 치유 공간 '이웃'의 생일 모임에 너도 참여한 적이 있나? 나는 두 번 갔었다. 내내 울었다. 그때 사회를 맡은 정혜신 선생이 생일 모임을 시작할 때 했던 얘기가 생각난다.

—이 시간은 오로지 오늘 생일을 맞은 이를 위한 시간입니다. 여기 모인 가족, 이웃, 친구, 봉사자들 모두 다른 생각 버리고 생일을 맞은 이에게만 집중하는 겁니다. 아셨죠?

2016년 답사를 다니는 동안엔 관홍이 네게만 집중하긴 어려웠다. 네가 참사 현장에서 잠수를 시작한 2014년 4월 23일 이전에 벌어진 일들, 특히 4월 15일과 16일의 상황을 소상히 파악해야 했고, 참사가 발생한 후부터 4월 22일까지 진도 팽목항과 진도 체육관에 대해서도 답사하고 중요한 에피소드들을 시간별로 정리해 둬야 했지. 답사를 떠나기 전 작업실에서도 대략적인 타임라인을 잡아 두긴 했지만, 막상 현장에 도착하면 많은 부분이 바뀌기 마련이다. 새로 보고 듣고 냄새 맡고 만져서 알게 된 것들을 재빨리 공책에 옮기고, 또 거기서부터 떠오르는 새로운 상상들을 거칠게나마 적어 둬야 한다. 그러느라 너와 함께 있으면서도 자꾸 너를 놓쳤다. 너와 연관은 있지만 네 표정과 몸짓과 이야기에만 집중할 순 없었던 거다.

2017년 5월, 이번 짧은 여행에선 오로지 김관홍네게만 집중하려 한다. 1년이란 간극을 거울처럼 두고 비교하며 다닐까 싶었다. 정혜신 선생의 표현을 빌리자면, 차에서도 김관홍, 걸으면서도 김관홍, 밥 먹으면서도 김관홍, 바다를 보면서도 산을 보면서도 김관홍, 베개를 베면서도 김관홍, 이불을 걷으면서도 김관홍, 김관홍, 김관홍, 온통 김관홍만을 생각하려고 한다.

『거짓말이다』를 출간한 후 책을 품고 '김관홍만을!' 위한 여행을 떠나고 싶었는데, 내가 게으르기도 하고 뜻하지 않은 일들도 밀려들어 이제야 시간이 났다. 다시 봄이 왔고, 세월호 참사 3주기가 지났고, 이제 한 달만 지나면 네가 떠난 지 1년이 된다. 너를 위해 이런저런 추모의 자리가 마련되겠지.

그 자리들 중 몇 군데엔 나도 참석할 것이고.

하지만 이건 지극히 사적인 여행이다. 답사가 아닌 여행.

◎

우리가 여행하기 좋은 달은 5월이다.

6월에 너는 떠났지만, 나는 5월에 너를 위한 여행을 떠나기로 했다. 너도 나도 조직에 메이지 않은 몸이지만, 프리랜서가 과로사한다며 서로 웃을 만큼 분주했다. 여행을 같이 가잔 얘긴 3월부터 나오긴 했다. 넌 누군가와 친해지면 함께 어딘가로 가서 특별한 시간을 보내자고 제안하는 데 망설임이 없었다. 그럴 만한 장소도 많이 알았고, 분위기를 흥겹게 만드는 재주가 있었으니까. 3월과 4월에 나는 『거짓말이다』 초고를 쓰느라 움직이기 힘들었고, 너도 박주민 변호사를 국회의원으로 만들기 위해 동분서주하느라 바빴다. 그리고 5월이 성큼 다가왔던 거다.

네가 훌쩍 떠나 버린 후 정말 많은 일들이 벌어졌다. 최순실 국정농단에 항의하며 시작된 촛불집회가 세상을 바꿔 놨다. 세월호 진상규명을 가로막던 정권도 무너졌다. 나는 작년 8월 『거짓말이다』를 낸 후 전국 강연을 다녔고, 또 너와 함께 작업한 「찾고 있어요」가 실린 단편집 『아름다운 그이는 사람이어라』를 올해 4월에 출간했다. 이런저런 일정으로 여전히 바쁘지만, 작년 5월 억지로 선약들을 조정하여 시간을 만들었듯이, 이번에도 그렇게 했다. 작업실에 앉아 너만을 생각하는 건 어울리지 않더라. 떠나야지. 민간 잠수사 김관홍을 그리워하기에 적당한 장소는 집 안이 아니라 길 위더라.

때론 반복이 필요할 때도 있는 법이다. 너와 걷던 길을 또 걷고, 너와 먹던 음식을 또 먹고, 네게 들려준 이야기를 또 이야기하고. 돌이켜 되짚다 보면 무심히 지나친 것들이 가슴을 치기도 하고, 매우 중요하다 여긴 것들이 하찮게 보이기도 하니까. 너와 갔던 곳과 너와 가려고 했던 곳을 골랐다. 진도 팽목항과 목포 신항만. 두 곳은 무척 가깝지만 너무나도 멀지. 살아서 갔던 곳과 꼭 가리라 마음먹고 기다렸지만 가지 못한 곳의 차이를 무엇으로 어찌 잴까.

서울에서 진도 팽목항까진 정말 멀더라. 겨울에 서울에서 고흥을 다녀온 적이 있는데, 그것보다도 시간이 더 걸렸다. 아침 10시에 출발했는데, 오후 4시가 넘어서야 겨우 도착했으니까. 우린 2016년 5월 14일 자정에 서울을 떠났고 새벽 4시 50분에 팽목항에 도착했다. 팽목항에 닿자마자 어둠 속에서 홀로 빛을 내는 분향소를 찍은 사진 덕분에 도착 시간을 정확히 알 수 있었다. 그러니까 다섯 시간도 채 걸리지 않은 거다. 심야 대리 운전으로 단련된 솜씨라고 자랑할 만하다. 너는 처음부터 끝까지 운전하며 쉼 없이 떠들었지만, 나는 틈틈이 머리를 차창에 박으며 잤다. 그래서 금방 팽목항에 닿았다고 여겼는데, 이번에 내려가면서 보니 그게 아니었던 거다.

팽목항에 닿자마자 떠오른 첫 느낌은 허전함이다. 세월호가 인양되어 목포 신항만으로 들어온 후 팽목항에 있던 컨테이너 상당수가 자리를 옮겼다. 미수습자 가족들이 3년 동안 머물렀던 자리엔 마른 흙들이 풀풀 날리더라. 그래도 너를 추억할 만한 곳은 다행히 그대로 남아 있었다. 우선 팽목항 분향소로 들어가서 희생자들을 추모하며 향을 피웠다. 아침 식사를 했던 식당도 그대로이고, 동거차도행 배에 오르기 전 토막잠을 잤던 넓은 방도 그 자리를 지켰다. 화장실에 갔다가 그 옆에 붙은 샤워실도 훔쳐봤다. 관홍이 너는 팽목항에만 오면 가슴이 뜨거워진다고 했다. 민간 잠수사들이 세월호에서 모셔온 희생자들을 내려놓던 곳이 바로 팽목항이고, 희생자들을 기다리며 낮밤 없이 애태우는 가족들이 있던 곳이 팽목항이니까. 컨테이너에 들어가든, 방파제를 따라 등대까지 걸어가든 혹은 바다를 바라보며 서 있든, 계속 눈물이 나오면서 목이 마른다고 했다. 냉수를 아무리 마셔도 속에서 열불이 난다고.

팽목항에서 확실히 너는 좀 산만했다. 동거차도에 들어가선 지게도 먼저 지고 곡괭이도 먼저 들고 고기도 먼저 구우면서 할 일을 찾아서 했지만, 팽목항에선 꼭 네가 해야 할 일이 없었다. 밤샘 운전으로 서울에서 팽목항까지 내려왔으니, 잠시 눈을 붙인다거나 혹은 바다를 바라보며 쉰다고 해도 널 탓할 사람은 없었다. 그런데도 넌 자꾸 서성거렸고 어딘가로 사라졌다가 또 나타나기를 반복했다. 어디 아픈 건 아니냐고, 동거차도행 여객선에 오르기 전 내가 물었던 거 기억 나? 넌 심각한 표정을 지으면서 오른손을 지휘봉처럼 흔들며 답했다.

—보이는 것도 아니고 안 보이는 것도 아닌데요. 들리는 것도 아니고 안 들리는 것도 아닌데요. 뭔가 있습니다. 그래서 그래요. 그래도 제가 두루두루 돌아다니는 게 낫습니다.

다르단 얘기도 너는 참 많이 했다. 육지와 수중은 다르다고, 침몰선 안과 밖은 다르다고, 체임버에서 쓰러지기 전과 후는 다르다고, 운동을 꾸준히 한 잠수사의 몸과 운동이라곤 하지 않은 소설가의 몸은 다르다고. 다르기 때문에 자기 말이 허황되게 들려도 속단하지 말라고 했다. 다르다는 걸 아는 사람만이 침몰한 세월호 선내로 들어가서 희생자를 모시

4·16 세월호 참사의 진실인양을 바라는 스물네번째 팽목항 기억예술제

고 나오는 것이라고. 눈에 보이는 것이 전부가 아니라고 했다. 방송이나 신문에서 떠드는 것과 세월호 참사의 실상은 너무나도 다르다고. 얼마나 다르고 왜 다른가를 소설가인 내게 알려 주고 싶다고.

하늘나라 우체통은 싱싱하게 붉더라. 그런 생각이 들었다. 세월호 참사는 참으로 다른 사람들을 만나게 했다고. 이야기 소재로 바다를 종종 택한 나도 심해 잠수사를 모델로 소설을 쓰게 될 줄 몰랐으니까. 너 역시 소설가와 이곳 팽목항까지 내려오고, 또 자신의 이야기를 바탕으로 한 소설이 출간될 줄은 몰랐을 거다. 참사로 인해, 태평성대에선 만나기 어려운 사람들이 서로서로 만났다. 그리고 당연히 각각의 차이를 느끼고 참 다르구나 생각하게 되었다. 하지만 관홍아! 그렇게 다른 이들이 만났다는 게 전부는 아니다. 무척 다르더라도 또 함께 무엇인가 특별한 일들을 하는 게 중요하다. 『거짓말이다』가 좋은 사례겠다. 소설가와 잠수사가 힘을 합쳐 소설을 한 권 만든 셈이지. 세월호 참사는 서로 다른 사람들이 만나, 서로 다름에도 불구하고, 힘을 합쳐 무엇인가를 하도록 만들었다. 어떻게 그게 가능할까. 어떻게 네 마음과 내 마음이 하나로 합쳐지는 걸까.

넌 사람을 좋아했다. 골방에 홀로 틀어박혀 문장을 끼적이는 습성 탓에 서너 명만 모인 자리에 가도 힘들어하는 나에 비해, 넌 직업도 다르고 나이도 다른 이들과 곧잘 어울렸다. 단순히 사교성이 뛰어났다는 것으로만 설명하긴 힘들 듯하다. 넌 다름에도 불구하고 뭔가를 함께 해 나가고 싶은 이에게 적극적으로 다가갔다. 유가족에게도 다가갔고, 416연대의 활동가들에게도 다가갔고, 은평구 자원봉사자들에게도 다가갔지. 박래군 소장에게도, 박주민 변호사에게도, 정청래 의원에게도, 또 내게도 손을 내밀었다. 내가 필요해서 만나는 자리였는데도, 네가 필요해서 만든 자리처럼, 넌 먼저 마음을 열었다. 달덩이처럼 웃는 네 얼굴을 보노라면 이런 목소리가 들려오는 듯했다.

—나 김관홍은 당신과 다른 사람입니다만, 내가 마음에 든다면 우리 함께 특별한 일을 벌여 봅시다.

너도 언제나 성공을 거둔 건 아니라고 했다. 세월호 참사가 나기 전, 넌 이런저런 배신을 당했다. 금전적인 손해도 봤고, 우정에 금이 가기도 했다. 하지만 지금까지 겪어 온 세상에 비해, 세월호 참사로 인해 만난 이들은 훨씬 좋은 사람들이라고. 그래서 마음의 상처를 입는 한이 있더라도, 함께하고 싶은 일들을 열심히 해 나가고 싶다고. 3월 2일 팟캐스트 녹음실에서 만나고 일주일 만에 장편소설에 필요한 자료와 이야기들을 다 주겠다고 했을 때, 솔직히 난 무척 놀랐다. 도대체 날 어찌 믿고 저렇게 결단할까. 넌 논리보단 직관을 따르는 편이라며 웃었지만, 난 그게 세상을 살아가는 김관홍만의 방식이 아니었을까 하는 생각이 든다. 솔직히 여긴 돈 놓고 돈 먹는 판도 아니니, 설령 김탁환이란 소설가가 사기꾼이라 해도 자료 모으고 인터뷰한 시간만 손해 봤다고 여기면 그뿐인 게지. 넌 자잘한 실패를 두려워하지 않았던 거다. 그보다는 너와 여러 면에서 매우 다른 이들과 어울려 무엇인가를 해 나가는 모험을 즐긴 셈이다. 모험가 김관홍!

김관홍만을 위하는 여행을 계획할 땐 동거차도까지 들어갈까 고민도 했었다. 그러나 팽목항까지만 가기로 마음을 바꿨다. 너만을 위하는 여행을 올해 한 번으로 마칠 수도 있겠지만, 혹시 계속 너를 만나러 가고 싶은 날이 오면, 1년 뒤든 10년 뒤든 그땐 동거차도까지 가 보려 한다. 너와 갔던 곳을 모조리 훑지 않고 팽목항만 골라 곧장 내려온 것도 그 때문이다. 『남아 있는 나날』이란 소설도 있지만, '남아 있는 곳곳'도 내겐 필요한 듯하다.

목포 신항만으로 가기 위해 차를 후진시키다가, 1년 전 팽목항에서 네가 저지른 작은 실수가 문득 떠올랐다. 동거차도에서 나와 팽목항에서 하루를 자고 아침에 서울로 올라가기 위해 너는 차를 후진시켰다. 그때 난 안전벨트도 매지 않고 휴대폰에 담긴 팽목항과 동거차도 사진을 넘겨 보던 중이었다. 갑자기 쿵 소리가 났다. 운전의 신이라고 자랑하던 네가 전봇대를 받았던 거다. 지금 생각해 보니, 팽목항을 떠나는 그 순간까지도 너는 들리지 않는 뭔가를 듣고 보이지 않는 뭔가를 보느라 산만했던 게 틀

림없다.

내비게이션으로 검색하니, 진도 팽목항에서 목포 신항만까진 62.8킬로미터 떨어져 있다. 도로가 막히지 않으면 58분이면 닿는 거리다. 세월호가 들어오지 않았더라도 작년 봄에 둘이서 가 볼 걸 그랬나. 실없는 생각이지. 세월호가 없다면 목포 신항만에 갈 이유가 없다. 차창을 반쯤 내렸다. 시원하고 짭조름한 봄바람이 얼굴을 가볍게 때리고 지나쳤다. 한 시간 내내 도로를 봤다. 모조리 기억하고 싶었다. 너와 함께 갔어야 할 길이었지. 해수부가 작년 여름에 장담한 대로 세월호를 인양했다면, 넌 그렇게 급히 이승을 떠나지 않았을지도 모른다. 떠나는 대신, 내 손목을 쥐곤 바로 이 도로를 달려 목포 신항만에 거치된 세월호를 보러 가자고 졸랐겠지. 그러면 나는 우리가 함께 쓴 『거짓말이다』를 몇 권 백팩에 넣고 못 이기는 척 네가 모는 차에 올라탔을 거다.

신항만으로 들어가는 도로는 곧고 넓었다. 대문

도 건물도 물건을 내리고 옮기고 싣는 데 최적화되었다. 뭔가 들어서 있지만 전혀 기억에 남지 않는단 뜻이기도 하다. 촬영 금지를 알리는 안내문만 덕지덕지 붙어 있고, 카메라에 담고 싶은 풍경은 하나도 없다고나 할까. 차량까지 통제해서, 주차를 하고 걸어야만 했다. 평일 오후 6시도 되지 않은 시각이라 사람들이 많진 않았다. 그렇지만 드문드문 같은 방향으로 걸어가는 이들의 뒷모습은 묘하게 따듯하더라. 그리고 곧 저 멀리서 노란 리본들이 펄럭이는 것이 보였다. 철망에 가득 매달아 놓은 리본이었다. 네가 그랬지. 세월호 관련 행사에 가면 노란 리본이 마중을 나오는 것 같다고. 목포 신항만에서도 우릴 먼저 맞아 주는 것은 노란 리본이었다.

도로를 따라 걸을 때는 사람이 적어 보였는데, 자원봉사자와 종교 단체의 컨테이너가 즐비하게 늘어선 곳에 이르니, 사람들로 북적였다. 노란 리본과 팔찌를 나눠 주는 이도 있고, 사진 판넬 옆에서 열심히 세월호 참사의 경과를 설명하는 이도 있었다. 너도 저렇게 사람들 사이에서 바삐 움직이곤 했었지. 일이 없으면 만들어서라도 하는 사람이 너였으니까. 철망의 노란 리본을 손끝으로 만지며 걸었다. 그러다가 문득 걸음을 멈췄다. 거기, 인양되어 거치된 세월호가 있었다. 거대한 섬 같다고나 할까. 상처투성이로 쓰러져 모로 누운 거인 같다고나 할까. 걸음이 바빠졌다.

조금 더 걸어 나가니 철망이 뚝 끊겼다. 세월호가 거치된 곳을 나고 드는 차들이 운행하는 통로였다. 철망의 방해를 받지 않고 세월호를 볼 수 있었다. 사람들이 몰려서선 또 같은 방향을 쳐다보더라. 발 뒤꿈치를 들고 눈에 힘을 잔뜩 실었지만, 내 눈에 보이는 건 배 밑 부분과 조타실이 있는 선수 쪽이 전부였다. 처음엔 세월호의 크기에 놀랐고 그 다음엔 네가 곁에 없는 것이 무척 아쉬웠다. 같이 왔다면, 벌써 배의 각 부분을 가리키며 명쾌한 설명을 시작했을 텐데. 눈에 보이는 게 전부는 아니란 걸 또 강조했겠지. 그리고 잠수사들이 어디어디에 하잠줄을 내리고, 어떤 창문과 문을 통해 내부로 진입하여 희생자를 찾아 모시고 나왔는지 알려줬을 거

다. 관홍이 너와 심장을 바꿔 끼고 수중의 세월호로 들어갔었는데, 관홍이 네 눈을 통해 육상으로 올라온 세월호로 들어갈 기회를 놓친 거다. 세월호가 인양되면 나 혼자 가지 말고 꼭 같이 가야 한다고 말한 이유를 이제야 알겠다.

목포역 근처에 숙소를 잡았다. 너랑 함께 왔다면, 돈 들여 숙소는 왜 잡느냐고, 세월호가 보이는 인도에 주저앉아 밤 새워 이야기나 나누자고 했겠지. 세월호 민간 잠수사로 살아온, 2014년 4월 이후의 삶을 말하자면 최소한 일주일은 필요하다는 네게 하룻밤 노숙은 아무것도 아니다.

그런데 나는 늦은 밤까지 신항만에 머무르는 것이 힘들었다. 고질병인 어깨가 말썽인 데다가, 오랜만에 차를 오래 탄 탓인지 두통까지 시작되었다. 밤이 되고 어둠이 깔리면, 점점 더 네가 던진 물음들이 가슴을 찔러 댈 것만 같았다. 넌 내게 강조하고 또 강조했다. 민간 잠수사들은 승객들 목숨이 모두 끊긴 다음에야 선내로 들어갔다고. 관홍이 네가 정말 궁금한 것은 승객들이 살아 있을 때 그러니까 배가 침몰하기 전에 왜 신속한 구조가 이뤄지지 않았느냐 하는 것이라고. 더 거슬러 올라가 보면 세월호 같은 대형 여객선이 100여 분 만에 침몰한 이유를 명확히 알고 싶다고. 네가 떠나고 1년이 흘렀지만, 네가 던진 질문들 중 어느 것 하나도 답이 나오지 않았다. 여전히 꽉 막힌 검은 구멍이다.

◎

다음 날 아침, 목포를 출발해서 고창 고인돌 유적지로 왔다. 작년에도 5월 16일 서울로 올라오다가 이곳에 들렀지. 고창엔 선운사도 있고, 미당 생가도 있지만, 난 고인돌이 좋다. 무심히 놓인 돌과 돌 사이에 앉았노라면, 삶도 멈추고 죽음도 멈춘 듯하니까. 하염없이 이야기판을 벌이기엔 이곳보다 나은 곳이 없다. 그래서 작년에도 널 이곳으로 데려왔었다. 너는 고인돌도 마음에 들어 했지만, 그 아래 핀 나무쑥갓 하얀 꽃에 더 마음을 빼앗겼지. 그리고 내게 이렇게 물었다.

—꽃이 죽은 자 가까이 놓이는 이유가 뭘까요?

네 장례식장에도 화환들이 가득했지. 영정 사진 아래에도 하얀 국화가 쌓였다. 그 꽃들을 보니 저 질문이 갑자기 떠올랐다. 그 후로도 환청처럼 같은 질문이 시시때때로 날아들었다. 작업실에서도 파리 공원에서도 거실에서도 도서관에서도 광화문 광장에서도 영화관에서도. 그 질문이 나를 다시 이 고인돌들 곁으로 이끈 듯도 하다.

맞아! 1년 동안 나는 네 삶을 복기했다. 세월호 참사 이후 2년하고도 2개월에 주목했다. 난 너를 이해하고 싶었다. 내 곁에 다가온 너를, 공우영 잠수사를 비롯한 민간 잠수사들의 고충을 널리 알리기 위해 노력하는 너를, 비 오는 밤을 끔찍이 싫어하는 너를, 말문이 열리면 30분이고 한 시간이고 계속 이야기하는 너를, 그리고 훌쩍 영영 떠나 버린 너를. 어떤 것은 이해하고 어떤 것은 이해하지 않는 것이 아니라, 너란 인간을 전부 이해하고 싶었다. 어쩌면 아직은 때가 이른지도 모른다. 나는 아직 네가 만난 이들을 백분의 일도 못 만났고, 네가 갔던 곳을 백분의 일도 못 갔고, 네가 절망한 깊이의 백분의 일도 내려가지 못했고, 네 분노의 백분의 일만큼도 뜨겁지 않다. 만약 내가 '민간 잠수사 김관홍'이란 평전을 쓴다면, 더 오랜 시간이 필요할 거다. 그러나 난 네 삶을 샅샅이 뒤져 처음부터 끝까지 순서대로 놓고 평할 마음은 손톱만큼도 없다. 내가 이해하고 싶은 것, 이 무거운 고인돌 아래에서 말하고 싶은 것, 진도 팽목항과 목포 신항만을 돌며 씹고 씹고 되씹었던 건 단 하나다. 그게 옳은지 그른지는 내 관심 밖이다. 나는 다만 네가 감당하기에 벅찼던, 그러나 기꺼이 떠안고 가려 했던, 김관홍만의 외로움을 느끼고 싶었다.

—김관홍, 네가 이야기꾼이다!

농담이 아니라 진심이다. 이야기꾼은 이야기를 물론 잘해야 하지만, 또한 이야기를 좋아해야 하고, 이야기를 절실히 원해야 한다. 이야기꾼은 파란만장하고 복잡 다단한 우리 인생에 호기심이 많은 사람이다. 작년 5월 서울에서 팽목항까지 네가 밤샘 운전할 때 잠시도 쉬지 않고 이야기했다는 걸 앞에서 적었다. 그뿐만이 아니다. 넌 운전을 하든지, 카페에서 이야기를 나누든지, 혹은 주점에서 술을 마시든지 계속 이야기를 꺼냈다. 처음엔 그냥 수다쟁이인 줄 알았다. 물론 전문 영역, 심해 잠수나 보디빌딩 혹은 야생화에 대해서도 넌 친절하게 설명했었다. 그런데 나를 만나 이야기를 나눌 땐 역사와 관련된 것들이 대부분이었다. 삼별초의 대몽항쟁,

이순신 장군의 명량해전, 일제 강점기 한국 호랑이 사냥 등 여러 시대에 걸쳐 이야길 꺼냈다. 각각의 역사적 사건마다 한번 빠지면 30분이 훌쩍 지났다. 한 시간을 넘긴 적도 많다. 네가 길게 늘어놓은 이야기들 중엔 특히 현대사 부분이 압도적으로 많았다. 해방부터 세월호 참사에 이르기까지, 조금만 연관성이 있어도 넌 그 틈을 헤집고 들어와서 이야길 시작했다. 해방 공간에서 빨치산들의 활약이라든가 1960년 4.19혁명에서 고등학생들의 역할이라든가, 전태일의 분신이라든가 유신정권의 폭압성이라든가 광주항쟁의 시민군이라든가 87년 6월 항쟁까지. 어쨌든 기본적으로 네 이야긴 흥미로웠다. 내가 이미 알고 있는 이야기도 네가 침을 튀기며 시작하면 막을 수 없더라. 그런데 네 이야길 곰곰이 듣고 있노라면, 군데군데 틀린 곳이 있었다. 사람 이름이 바뀌기도 하고 장소가 달라지기도 하고 년도가 맞지 않기도 했다. 가해자와 피해자, 승자와 패자가 반대인 경우도 있었다. 난 이야기가 전부 끝날 때까지 기다렸다가 옥에 티들을 바로잡아 줬다. 그때마다 넌 특유의 웃음을 지으며 선선히 잘못을 인정했다.

—아, 그렇군요! 고치겠습니다.

왜 그랬을까. 왜 너는 내게 한국 현대사의 굵직굵직한 사건들을 그토록 많이 급하게 이야기하려고 들었을까. 네가 떠나고 나니 이 부분이 자꾸 마음에 걸렸다. 문득 그런 생각이 들었다. 관홍이 넌 현대사를 비롯한 몇몇 지식들을 최대한 많이 그리고 빨리 습득하려고 노력했다. 어쩌면 그렇게 공부한 내용을 내게 들려주며 스스로를 테스트한 것은 아닐까.

넌 민간 잠수사들을 형제와 같다며 아꼈다. 2014년 4월 중순부터 7월 10일까지 바지선과 세월호를 오가며 동고동락했으니 정도 많이 들고 전우애와 같은 의리도 생겼을 거다. 민간 잠수사 중에는 현업에 복귀한 이도 있지만, 관홍이 너처럼 몸과 마음을 다쳐 더 이상 일할 수 없는 이도 있었다. 이런 상황에서 공우영 잠수사 재판이 시작되었고, 너는 민간 잠수사들을 대변하는 역할을 맡게 되었다. 국회나 특조위 청문회에 나가서도 증언하고, 여러 팟캐스트에도 출연하고, 또 방송이나 언론 매체와 인터뷰도 했다. 그 와중에 〈416의 목소리〉에서 나를 만났던 거다. 너와 내가 만난 건 우연이지만, 네가 민간 잠수사들의 대변인 역할을 계속해 왔고, 또 내가 세월호 참사 피해자들과 직접 대화하길 원했다는 점을 고려하면, 2016년 3월 2일 우리의 만남은 필연이기도 하다.

앞에서 나는 세월호 참사가 각기 다른 나이와 직업과 세계관을 지닌 사람들을 만나게 했다고 적었다. 너도 민간 잠수사들을 대변하면서 낯선 사람들과 만나기 시작한 거다. 정청래나 박주민과 같은 국회의원, 박래군과 같은 416연대의 활동가들, 공중파는 물론이고 다양한 인터넷 매체의 진보적인 언론인들, 화가와 시인과 작가 들, 그리고 서울은 물론이고 전국의 수많은 자원봉사자들을 넌 만났다. 그들과 웃고 울고 걷고 이야기하고 때론 함께 노숙하며 서로를 알아나갔겠지. 2016년 3월 9일 인터뷰 때 너는 내게 말했다. 민간 잠수사들을 대변하면서 만난 사람들 중 몇몇은 처음엔 전혀 이해가 되지 않았다고. 이 사람들은 왜 소중한 돈과 시간을 써 가면서 세월호 유가족을 비롯한 피해자들과 연대하는 걸까. 혹시 다른 꿍꿍이가 있는 건 아닌지 따져 물었다고도 했다. 때로는 아주 짧은 또 때로는 제법 긴 답변을 들었지만, 그걸 듣고도 완전히 알아듣긴 힘들었댔다.

지금 나는 1년 전 네가 진군하는 병사를 닮았다는 고인돌을 보며 이런 추측을 한다. 너도 세월호 참사와 연관된 시민 활동가가 되려는 마음이 컸었다. 국민수상안전을 위한 모임을 하고 싶다는 이야길 CBS에서 처음 만났을 때부터 했다. 이름이 어떻게 바뀌든지, 너는 레포츠 잠수사와 산업 잠수사 그리고 세월호 참사 현장에서 민간 잠수사로 일한 경험을 살려 국민들에게 해양에서 안전할 수 있는 방법을 이론과 실기를 병행하여 알려주고 싶었던 거다. 그런데 이처럼 단체를 꾸리고 활동하는 것은 잠수에 대해 전문지식이 있다고 가능한 게 아니다. 관홍이 네 눈에도 띄었겠지. 네가 사귄 시민 활동가들이 갖춘 지식과 덕목을! 잠수에 대한 지식이라면 네가 으뜸이지만, 시민 활동가들이 삶의 버팀목으로 삼는 생각들은 네겐 생소했을 거다. 중요한 생각들은 하늘에서 뚝 떨어지지 않는다. 역사를 배우고 현실을 경험하면서 체득한 것이니까. 그래서 관홍이 너도 시민 활동가의 삶을 더 깊이 이해하고, 또 스스로 그 길을 가기 위해, 현대사의 큰 흐름을 혼자 훑으며 공부했는지도 모르겠다. 그리고 네가 믿을 만한 사람에게 그중 몇 부분을 들려줬던 것은 아닐까.

2016년 봄, 내가 만난 김관홍은 잠수사에서 시민 활동가로 옮겨 가는 중이었다. 네가 민간 잠수사들을 대변하는 활동을 하지 않고 그냥 잠수사들 속에 머물렀다면 혹은 네가 시민 활동가로 더 빨리 옮겨 갔더라면 어땠을까. 그런데 그 봄, 너는 여전히 민간 잠수사들을 아끼면서도 또한 시민 활동가로서의 미래를 꿈꿨다. 두 가지를 다 품고 있단 건 아직 본격적인 활동을 벌이지 못하고 있단 뜻이기도 하다. 시민 활동가의 삶이 책 몇 권을 읽고 또 내게 몇 시간 이야길 했다고 마련되는 것은 결코 아니란 걸,

누구보다도 네가 깨달았을 것이다.

이 지점에서 나는 더 나아가려 하는 자의 외로움을 본다. 네가 떠난 후 많은 이가 네게 '처음'이란 수식어를 붙였다. 제 발로 세월호 유가족을 찾아온 잠수사도 처음이고, 동거차도에 지게를 지고 올라가서 머문 잠수사도 처음이고, 국회와 특조위 청문회에서 증언한 잠수사도 처음이고, 세월호 집회에 참가하여 대중 앞에 나가 발언한 잠수사도 김관홍 네가 처음이다. 왜 네가 처음일까. 네가 민간 잠수사를 대변한 게 하나의 계기일 순 있지만, 네가 보여준 그 많은 '처음들'을 명쾌하게 설명할 순 없다. 넌 민간 잠수사들의 자리로부터 더 나아갔던 거다. 민간 잠수사가 오지 않던 곳, 만나지 않던 사람들을 너는 가고 만났다. 벅차오르는 시간을 맛보기도 했겠지. 그리고 나는 또 짐작한다. 네가 그 많은 '처음'을 맛보았다는 건 거기서 어디로 더 나아가야 하는가를 네 스스로 결정할 수밖에 없었다는 것을. 너를 처음으로 받아들인 이들 중에 너처럼 수중에서 20년을 일한 잠수사는 없다. 모두 육상에서 먹고 입고 자면서 살아온 사람들이다. 너의 외로움은 이제 오롯이 너만의 외로움이 되었다. 네가 외롭다고 해도 이해할 사람이 곁에 없고, 네가 외로운 표정을 지어도 그것이 외로운 표정인지 그들은 모른다.

그래! 그 순간 이 부근이다. 외롭다는 말, 혼자서라도 해 나가겠다는 말을 내게 부쩍 많이 했었다. 한 달 남짓, 너는 외로웠고 나는 퇴고를 한답시고 네 이야기를 듣던 귀를 닫았다. 네가 누구를 찾아가 '처음'이 된 사람의 외로움을 의논했는지, 나는 알지 못한다. 민간 잠수사들을 형제처럼 아꼈으니, 그들과도 깊은 이야기를 나눴겠지. 또 대변하는 역할을 맡고 나서 만났던 유가족들이나 활동가들 자원봉사자들과도 마음을 나누려고 애썼을 거다. 그리하여 너는 최선의 답을 찾았을까. 외로움을 지울 방법? 아니면 더 큰 외로움을 감내하고서라도 국민수상안전 전문 시민 활동가가 된 잠수사로 첫 걸음을 내디딜 방법?

나는 알지 못한다. 네게서 그 답을 듣진 못했으니

까. 내가 기억하는 너는 외로움을 안은 채 나아가고 있었다. 기면 기고 아니면 아니란 네 말처럼. 물러나는 것은 너답지 않다고 여겼겠지. 2016년 6월 4일 마지막으로 만났을 때, 넌 『거짓말이다』의 마지막을 알고 싶어 했고, 작은 희망을 남겨둔 결말을 마음에 들어 했다. 2017년 5월 지금과 같은 대반전을 기대하진 않았지만, 희망의 불씨만으로도 너는 고개를 끄덕이며 웃었다.

『거짓말이다』를 출간한 후, 독자들이나 혹은 너를 알던 지인들이 내게 조심스럽게 물었다. 민간 잠수사 김관홍은 어떤 사람이었냐고. 그때마다 나는 몇몇 일화를 끄집어내어 대답을 대신해 왔다. 아직 너에 대한 복기가 덜 끝났으니까. 1년이란 기간이 복기를 마치기에 충분하다고 생각하진 않는다. 그렇지만 너에 대한 새로운 자료나 이야기가 나온다 해도, 고인돌에 기대어 적어 보려는 내 답이 완전히 바뀔 것 같진 않다.

—내가 아는 김관홍은 사무치게 외롭다 해도 옳다고 믿는 길을 가는 사람입니다.

이제 고인돌 유적지를 떠나 서울로 돌아가려 한다. 짧은 여행을 떠날 땐 네게 하고픈 이야기를 전부 다 하겠다고 마음먹었는데, 과연 이게 전부일까 싶다. 네 목소리가 들린다.

—형님, 할 말이 더 있으면 하늘나라 우체통으로 부치세요.

내 곁으로 와서 너만의 이야기를 들려줘서, 참사의 현장에 동행해 줘서 고맙다. 네가 아니었다면 내가 몰랐을 많은 일들과 감정들이 새삼 소중해진다. 네가 아니었으면, 나는 훨씬 어리석고 또 외로웠을 거다. 고통과 자부심을 안고 너와 가려던 곳, 하려던 일들이 떠오른다. 가고 싶고 하고 싶으면 훌쩍 길을 나설 생각이다.

김관홍, 또 보자!

2017년 5월

김탁환

◎
고(故) 김관홍 잠수사의 아내 김혜연 씨는 세 아이와 함께 꽃집을 운영하고 있습니다.

◎
꽃집 이름은 '꽃바다(www.fbada.com, 070-8840-0818)' 입니다.

그래서 그는 바다로 갔다

초판 1쇄 발행 2017년 6월 17일

지은이 김탁환

발행편집인 김홍민 · 최내현
책임편집 안현아
편집 유온누리
마케팅 홍용준
녹취록 속기 최은영
사진 이재교
표지디자인 형태와내용사이
용지 한승지류유통
출력 블루엔
인쇄 청아문화사
제본 대신문화사

펴낸곳 도서출판 북스피어
출판등록 2005년 6월 18일 제105-90-91700호
주소 (121-826) 서울특별시 마포구 방울내로 11길 43 101-902
전화 02) 518-0427
팩스 02) 701-0428
홈페이지 www.booksfear.com
전자우편 editor@booksfear.com

ISBN 978-89-98791-68-1 (03810)

책값은 뒤표지에 있습니다.
파본은 구입하신 곳에서 교환해 드립니다.